文春文庫

平成くん、さようなら

古市憲寿

文藝春秋

目次

平成くん、さようなら

彼から安楽死を考えていると打ち明けられたのは、私がアマゾンで女性用バイブレーターのカスタマーレビューを読んでいる時だった。

デンマークブランドが開発した高級バイブレーターのページには、投稿者「吉高」さんによる「すべての初心者へ」と題された長文が掲載されていた。

その文章を全て信じるのならば、「吉高」さんは処女であり、今まで自分で「指を1本しかいれたことがなかった」が、このバイブレーターで練習した結果、穏やかで快適な自慰行為ができるようになったという。

「吉高」さんは、このバイブレーターのおかげで、彼氏が欲しいという気持ちが完全に消え、人生に自信が持てるようになったとも記している。

私は処女でもなかったし、穏やかなバイブレーターが欲しいわけでもなかったが、それほど「吉高」さんに自信を与えた製品ならばカートに入れてもいいのではないかと思い始めていた。

性行為を嫌う彼のせいで、私には定期的に女性用のセックストイを買う習慣がある。ベッドルームには、イロハ、スヴァコム、フィエラなど、数十のローターやバイブレーターが並べられていた。

最近のお気に入りはウーマナイザーだ。振動だけではなく、吸引によっても女性をオーガズムに導くドイツ発の商品で、角度や強度も細かく調整することができる。バイブレーターやローターに慣れてしまったらウーマナイザー一択だと友人から勧められたのだが、期待以上の製品だった。しかしウーマナイザーにも飽き始めてしまった今、新しいセックストイを探していたのだ。

彼との取り決めで、アダルトグッズに関する請求は全て彼に行くことになっている。私も彼もお金に困ることはない立場にあるが、それは私たちの妥協であり、結束の象徴でもあった。

私たちのセックスに責任を持つのは私たちであるべきだ。その責任を果たせないならば、何らかの代償《だいしょう》行為をする必要がある。その理解は私たち共通のものであることを形にしたのが、私から彼へのセックストイに関する請求だ。

つまり、セックストイを選ぶという行為は、私の生活にとって、それなりに重要な意味を持つ。だから、彼がどんな顔をして、どんな覚悟を持って安楽死で死にたいと言ったのか、全く思い出すことができない。

ただ彼によれば、私はまるで朝食のメニューを尋ねられた時のように「いいんじゃない」と応えたという。今から思えば、普段から彼の提案に異議を唱えることが少なかったため、反射的に同意の言葉を口にしてしまったのだろう。

１９８９年１月８日生まれの彼は、今年で29歳になった。

彼が社会から注目され始めたのは、今から7年前のことである。

22歳の時に書いた大学の卒業論文が指導教官と編集者の目に留まり、単行本として出版されたのだ。博士論文や修士論文が出版されることはままあるが、学部生の書いた卒業論文が日の目を見ることは珍しい。

そんなことになったのは、もちろんその年が２０１１年だったからだ。

3月11日に起こった震災により、彼が通っていた大学では卒業式が中止され、代わりに指導教官が個人的な卒業パーティーを開いてくれたという。そのパーティーで祝辞を述べるため、指導教官は学生たちの卒業論文を読み直した。

文芸評論の仕事で忙しい人物が、通常であればそうした労を執ることはないはずなのだが、大学として卒業式を挙行できなかったという後ろめたさもあったのだろう。あるいは連載を持っていた媒体が一時的な休刊となり、ただ時間に余裕ができたというだけなのかも知れない。

とにかく指導教官は、彼の卒業論文が震災後の時流と非常に適合していることに気が付いた。

論文は、当時話題になっていた原子力発電所で働く若者たちに丹念な聞き取り調査を行い、原発の功罪を描き出したものだった。教授は初読の時、文章力は高いものの、地味なテーマだとしか思わなかったらしい。

しかし、3月11日を境にして状況はまるで変わってしまった。

当時、人々の知りたかったことが、その論文に詰まっていたのだ。しかも分量は十分にあり、多少のリライトを施《ほどこ》せばすぐに書籍化できそうなレベルに達していた。すぐに懇意にしている講談社の編集者を彼に紹介し、論文はソフトカバーの単行本という形でその年の5月には出版される。

本は出版後たちまち話題になり、メディアは震災の話題を扱うたびにこぞって彼を取り上げた。1、2年もしないうちに、この国はすっかり震災に対する興味を失ってしまったが、彼は得意とする分野を次々と変えていった。

2050年の日本を舞台にした未来小説、日本社会の仕組みをビジュアルで解説した図鑑などを精力的に発表し、いつの間にかすっかりと文化人と呼ばれるカテゴリーに収まる人物になっていた。最近では映画やドラマの脚本までを手がける。彼が注目を浴びたのにはいくつかの理由があるが、最大のポイントは名前にあったと思う。彼はファーストネームを平成《ひとなり》という。

この国が平成に改元された日に生まれたという安易な命名なのだが、結果的にその名前は彼の人生に大きく貢献することになった。彼は「平成《へいせい》くん」と呼ばれることで、まるで「平成」という時代を象徴する人物のようにメディアから扱われ始めた。

しかも「平成人」と言われて納得のしやすい容貌《ようぼう》をしていた。

187センチという長身に、宇宙人のような逆三角形の輪郭の小さな顔。目元までを覆うような重たい前髪。細いながらも眼光の鋭い目。だけど唇だけは分厚くて、モデルといわれても、連続殺人犯といわれても、納得できてしまうような顔つきだ。

「ゆとり世代」や「さとり世代」といった世代論が話題になるたび、彼は平成の代表としてメディアに呼ばれることになった。

私が平成くんと初めて会ったのは雑誌の対談だった。

一応はアニメプロデューサーやイラストレーターという肩書きのある私だが、実際のところは父が残した著作物の管理が主たる仕事である。漫画家だった父、瀬戸流星は、アニメ化もされた人気作品をいくつも残しているが、その中でも『ブブニャニャ』というキャラクターは1500億円規模のビッグビジネスになった。

連載自体は1975年に始まり、休載を挟んで父が死ぬ1999年で終わっているのだが、今でもアニメは毎週放送されていて、毎年春に公開されるスペシャル映画は興行収入30億円を下らない。

現在は母が著作権管理会社である瀬戸プロの社長を務めるが、67歳の彼女はそろそろ代表権を譲りたいと言っている。私も数年前から『ブブニャニャ』関連の仕事を増やし、瀬戸流星の娘としてメディアに出る機会が増えていた。

平成くんは、『ブブニャニャ』誕生40周年記念となる映画に脚本家として参加していた。そのプロモーションのため『ダ・ヴィンチ』で、私と彼の対談が組まれることになったのだ。

初対面の印象はよく覚えている。ロボットのような人だと思った。極めて論理的に物事を話すが、適度にジョークを織り交ぜる。真剣な表情で会話をするが、定期的に笑顔を交える。このジョークと笑顔が、あまりにも一定の間隔で出てくるので、私は強烈な違和感を覚えた。

対談の終わりにそのことを指摘すると「最近は上手にシミュレーションができていると思ったのに」と不服そうに語った。その表情は彼が得意だというシミュレーションには見えず、人間らしいところもあるのだとひどく安心した記憶がある。同時に、彼のことをもっと知りたいと思った。

私が彼に興味を持ったのには、もう一つ理由がある。

私たちは生年月日が同じだったのだ。

「平成」という普遍的でありながらユニークな名前の彼と違って、私は1989年に最も多くの女の子に名付けられた「愛」というファーストネームを持つ。今となっては、父のこの平凡さこそがヒットメーカーたる所以《ゆえん》なのだろうと思えるが、ずっとこのありふれた名前が好きになれなかった。

私は、上海の友人から教えてもらったテクニックを使って、彼と仲良くなろうとした。人は月に一度会う関係を何年繰り返していても親密にはなれない。重要なのは短期間のうちに何度会ったかだというのだ。

だから彼を何度も食事に誘った。初めから一対一で食事をしても気詰まりなので、複数人の会食や人狼《じんろう》には何度も呼んだ。忙しいと言われ何度も断られたが、それ以上の回数を誘い続けた。

結果、私たちの距離は一気に縮まり、一緒に住むようになってから2年近くが経つ。

平成くんといることは、とても居心地が良かった。

私が不眠で苦しんでいる時には「寝ないでポケモンGOができて羨《うら》ましい」と本気で言っていたし、仕事が思うように評価されなかった時は「バカに褒められても嬉しくないでしょ」と笑ってくれた。

あり得ないことだけども、仮に私が人を殺してしまったとしても「それほどの理由があったんだね」と肩を叩いてくれると思う。いつでも彼は常識や慣習から自由だった。だから彼と話していると、勝手に思い詰めていた自分がばからしくなり、いつだって楽な気持ちになることができた。

同居に合意してくれたことからもわかるように、彼も私に好意は抱いていると思う。だけど、彼は私のことを恋人と呼びたがらない。恋人か友人か、愛情か友情かといった二項対立には興味がないのだという。

誰に対しても優しく振る舞うというルールを自身に課しているから、誰かを特別扱いしたくないらしい。

実際、彼は直接に利害関係のある相手はもちろん、あらゆる人に親切に接していた。本心なのか照れ隠しなのかはわからないが、彼はその優しさを「計算だよ」と言い張っている。私も半ばあきらめに近い形で、彼のポリシーを受け入れている。

急に空腹を覚えた。時計を見ると19時を回っている。

今日は二人とも早めに帰宅し、それぞれが家で仕事をしていた。彼の夜はほとんど会食で埋まっているので、この時間に私たちが家に揃うことはとても珍しい。もしかしたら、死ぬことについての相談を私にしたかったのかも知れない。

いや、正確に言えば、相談というよりも、報告だろう。

彼は、あまり悩まない。何事も自分の決めたルールを公式にして、まるで連立方程式を解くように日々、行動している。

しかし、彼も誰かに説得されることや、考えを変えることはある。自分で解いた式に足りなかった条件を相手がインプットした場合、計算のやり直しが行われるからだろう。

そして人間である彼は、時々大きな計算間違いをする。そのことには彼も自覚的なようで、「君は検算なんだよ」と言われたことがある。

彼の計算と私の直感が食い違うことはほとんどない。だから、彼が死にたいと考える理由を聞いても、私はあっさり納得してしまうのかも知れない。

だけど死を選ぶということは、人間としての帰還不能点を越えることであり、決して取り返すことのできない重大な決断だ。一度は「いいんじゃない」と応えてしまったものの、検算に検算を重ねてあげる必要がある。

空腹を抑えられなかった私は、平成くんを誘って食事に出かけることにした。

レストランを決め、予約をとるのはいつも私の役割だ。

家ではサラダサーモンと冷凍ブルーベリーしか口にしない彼に、どこで何を食べるかという重大な決断を委ねるわけにはいかない。食べログにストックしてあるリストの中から、まだ行ったことがなかったお店を選ぶ。幸い、電話をかけると個室が空いていたので、今から30分後に行くと伝えた。

念のため、ロシアンブルーのミライに餌《えさ》を補給しておく。

実家から連れてきたミライは、今年で19歳になる。人間でいえばとっくに高齢者ということもあり、最近はDENに置かれたベッドの上で横になっていることが多い。それでも私が首の付け根を撫でると嬉しそうに声を出す。一時期は7キロを超えていた巨体も、最近ではすっかり痩せこけてしまった。

私がミライの世話をしている間に、彼はすっかり身支度を調え、玄関で待っている。ドリスヴァンノッテンのシャツに、サカイのパンツ。メゾンマルジェラのパッチワークコートを羽織って、JWアンダーソンのスニーカーを履いている。笑ってしまうくらい、どれも「平成くん」らしいブランドだと思った。

彼はバッグを持たない。近所に出かける時はiPhoneだけで、少し遠出をするときも、そこに小さなパスケースが加わるだけだ。トムブラウンのパスケースには、アメックスとビザのクレジットカードが1枚ずつと、一万円札が3枚だけ入っている。一度、彼と奈良に行った時は大変だった。ほとんどのお店でクレジットカードが使えずに、彼のポケットがみるみるうちに小銭で膨らんでいったのだ。

おかげでお賽銭《さいせん》には困らなかったが、キャッシュカードを持たない彼の代わりに、ほぼ全ての支払いを私が立て替えることになった。

二人してエレベーターに乗り込んで、Ｂ１のボタンを押す。エレベーターの一面は鏡になっていて、身長差が30センチもある私たちの姿を映す。

誰かが勝手に何者かと勘違いしてくれることを期待した金髪のショートカット。未だに高校生と間違われることもある化粧っ気のない顔。無理して着ているサカイのスパンコールドレス。ニューヨークで大量に買ってきたマノロブラニクのパンプス。クロコマットのバーキン。

必死に何者かになろうとして、外見だけをちぐはぐに取り繕っている私と、自然と何者かになってしまう平成くんの間には、身長以上の差があるように見える。

せめて手をつなぎたいと思った。

セックスは嫌がる彼だが、手をつなごうとして拒絶されたことはない。彼の左手から ディオールの手袋を脱がせ、そっと私の右手を重ねる。平熱が36度に満たない彼は、指先も驚くほどに冷たい。私の顔ほどはある長い指の先を、さするようにぎゅっと摑《つか》む。すると珍しく、彼が自分から私の指先を握り返してくれた。

Ｕｂｅｒは平成くんが呼んでくれていたらしい。地下駐車場から黒塗りのアルファードに乗り込むと、無言でｉＰｈｏｎｅを渡される。アプリに行き先を入力すると、車は静かに走り出した。

東京の街には19時を過ぎても、溢れるほどの光が満ちている。六本木通りから見上げた赤坂インターシティは未来都市のように輝いていた。

彼は、暗闇を極端に嫌う。夜の早い奈良では、ホテルに向かう道中で、何度も躓《つまず》きそうになっていた。

「これだから田舎は嫌いなんだよ」とぶつぶつと呟いていたのを昨日のことのように思い出す。テレビでも同じことを言ったらしいが、彼の発言としては珍しく一切批判の声は寄せられなかった。奈良が田舎というのは、地元の住民を含めて誰一人反対することができない命題だったのだろう。現在でも奈良で最も高い建物は、興福寺五重塔だという。

渋滞に巻き込まれることもなかったので、レストランには予約した時間よりも早く着いてしまった。

外苑《がいえん》東通りを国立新美術館方面に曲がり、一本奥まった場所にある店には、ヴォストークという名前がつけられている。ロシア語で「東方」を意味するのだという。

若い店員が「平成くん」に気付いたのかどうかは知らないが、うやうやしい態度で奥まった個室へと案内してくれた。飲み物を聞かれたので、彼には何も確認せずにグラスでペリエ・ジュエを頼んだ。

平成くんは「自ら理性を捨てる意味がわからない」という理由でアルコールを好まないが、完全に拒絶まではしない。二人で食事に行くときは、「1杯目はシャンパン」というのが、暗黙の了解になっていた。

彼は、自分が関心がないことについては、常に受け身である。全くこだわりがないのだ。親しい友人に、平成くんと一緒に暮らしていることを打ち明けると、「あんな極端な人間とよく一緒にいられるね」と言われることがある。しかし、私は彼をストレスだと感じたことは一度もない。

それどころか彼は、私の頼み事には時間の許す限り付き合ってくれた。食事や映画、旅行に誘って、予定が合わない時を除けば、断られたためしがない。

けれど彼にとって私は何なのだろう。

もう直接、何度も聞いたはずなのに、いつも彼の答えを忘れてしまう。きっと、私が珍しく彼の言葉に納得していないからだ。

　そんなことを考えていると、アミューズが運ばれてきた。牛肉と蟻《あり》をオリーブオイルと塩でマリネした料理だ。

　ニューノルディックの影響なのか、最近は東京でも蟻を出す店が増えた。スプーンで牛肉と蟻を軽く混ぜて、口に運ぶ。口の中で潰れた蟻は強い酸味を放出し、まるで粒胡椒《つぶこしょう》や山椒《さんしょう》のような味わいがある。彼は、おいしいともまずいとも言わずに、牛肉と蟻のマリネを咀嚼《そしゃく》している。

「蟻、嫌いじゃなかった？」

「大豆やエビと同等のタンパク質が含まれていて、8種類の必須アミノ酸も含まれている。体積が小さいから一般的に昆虫食が期待されているような食肉の代替品にはならないだろうけれど、調味料としては効果的なんじゃない？」

　一言も味の感想を言わずに、彼は情報として食事を摂取しようとする。テレビ番組に出演する時も、論理的で理知的な、冷静さを失わない「平成くん」の話しぶりは、よく共演者たちから突っ込みの対象になっていた。

　しかし私は、彼がエビデンスや論理だけに基づいて行動していないことを知っている。ピーマン、ニンジン、ナス、エリンギ、二枚貝が食べられないといったように、彼には異様に好き嫌いが多いのだ。

もし本当に彼がロボットのような人間であれば、栄養素が豊富なピーマンやニンジンといった食材を拒否する理由はない。

蟻を食べたのも、実は恐る恐るだったと見ている。

次の料理はフォアグラのタルトに、蜂蜜《はちみつ》と野生の花が添えられていた。花束をイメージしているのだろうか。フォアグラを花瓶、蜂蜜を枝に見立て、サラダといってもいいくらいの量の花々が、皿一面にあしらわれている。

「きれいだね」

「モチーフはセザンヌじゃないかな。東京国立近代美術館が2014年に20億円で購入した『大きな花束』という作品があるけど、シェフはその影響を受けていると思う。花や葉が、茎や枝に繋《つな》がっていないのが特徴の作品を、蜂蜜と食用花で再現したんだろうね」

平成くんとの会話はまるでグーグルホームを彷彿《ほうふつ》とさせるが、スマートスピーカーと違って、彼は時々、堂々と間違う。

確かにこのフォアグラのタルトはセザンヌの絵に見えないこともないが、シェフが気ままに花を並べただけという可能性も高い。食後にシェフを呼んで、彼に恥をかかせてやろうかといじわるなことを考えて、思わずにやけてしまう。

「急に笑い始めてどうしたの」

「平成くんが愛しいなって思ってたんだよ」

嘘ではない。ナイフを慎重に動かしながら、花を切り分けていく。次第に姿を現すタルトにフォークを突き立てる。ナイフで切り分けるのではなく、このまま齧《かぶ》り付きたいと突発的に思ったのだ。

だけど、フォークを持ったまま手が止まってしまった。

どうしたのだろう。

彼は不思議そうな顔で私のほうを見ている。私はたまらずナイフからもフォークからも手を離す。ガチャリと甲高い音を立てて、ディナープレートの上にナイフとフォークが落ちた。

「気分が悪いの？　大丈夫？」

平成くんは、まるで3歳の子どもが母親を心配するような話しぶりで、私の顔を見つめる。私も彼の顔をじっくりと見返す。

彼の下唇にはよく見ると小さな傷が付いている。子どもの頃、「実験」をしていて自分でつけてしまった傷だという。唇には身体の他の部分よりも痛点が多いことを確かめたかったらしい。それにしても、今日も君は前髪が重苦しいな。そんなんじゃ、目が悪くなっちゃうよ。

ああ、早く本題を切り出さなくちゃ。聞くべきことは決まっているんだから。

「ねえ平成くん、なんで死にたいと思ったの？」

少しでも語調を間違ったら詰問《きつもん》に聞こえるかも知れない。だから、私は努めて平静を装って彼に尋ねた。彼が言葉の微妙なニュアンスを気にする人間ではないことは知っていたが、自分自身が冷静であることを確認したかったのだ。

「それより気分は大丈夫？」

確かに私は彼の問いかけに答えていなかった。

「大丈夫だよ。だから、私の質問に答えて」

今度は、口調が少しきつくなってしまったのが自分でもわかる。つい1時間前は、彼が死を考えていることなんて知りもせず、どんなセックストイを選ぶかということに夢中だったはずなのに。

「どこから話せばいいかな」

そう言いながら、彼は人差し指を目頭に当てながら、両手で頬杖《ほおづえ》をついた。

いつもは何事も理路整然と話す彼だが、時折このように悩む仕草を見せる時がある。それは自分の中で考えが整理できていないというよりも、どうすれば聞き手にわかりやすく言葉が届くのかを思案しているのだ。

だけど経験上、彼がそのようなポーズを見せて、主張をかみ砕こうとしている時ほど、話はわかりにくくなる。

平成くんが考えを巡らせているうちに、次の料理が運ばれてきた。ブレイズされた金目鯛に、炭火焼きのピーマンとエリンギのフライが添えられている。

ピーマンとエリンギはもちろん、確か彼は金目鯛もそれほど好きではなかったはずだ。この料理にどんな反応をするのだろうと楽しみにしていると、彼はおもむろに話し出した。

「僕はもう、終わった人間だと思うんだ」

案の定、彼は凡庸《ぼんよう》である上に、わかりにくい話を始めた。それを指摘しても決して怒りはしないだろうが、話の腰を折るような真似は止《や》めた。

同時に私は少し期待し始めていた。

彼はとんでもなく見当違いな推論を重ねて、安楽死をするという結論にたどり着いたのではないか、と。「終わった人間」って何だよ。島耕作《しまこうさく》の脇役みたいな台詞を言いやがって。

「控えめに言っても、僕はラッキーだったと思うんだ。この名前のおかげで、若い時から社会の注目を浴びることができた。明らかに、実力以上にスポットライトを当てられ続けてきた。

その分、努力もしてきたつもりだよ。少しでも時間が空けば、ジャンルを問わずに本を読んだり、階層や世代を問わずとにかくたくさんの人と会うようにしてきた。とにかく最新の人でありたかったんだ。その試みは、ある程度の成功は収めてきたと思う。いくつかの本は売れたし、最近では脚本の仕事もうまくいっている。だけど、ふと考えてしまったんだ。僕に未来はあるのかって」

お皿の底面には海苔《のり》のソースで渦巻きのような文様が描かれていたので、切り分けた金目鯛に塗りつける。赤みがかった金目鯛のブレイズが、ほんのりと緑に染まる。

魚に癖がない分だけ、海苔の味がやけに舌に残った。

「僕は今のところ、すごく健康だし、平均寿命の伸びを考えれば、あと70年ほど生きてもおかしくない。だけど、その70年でこれまでの30年以上の何かを残せるかというと、はなはだ疑問だと思ったんだ。

なかなかメディアでは言えないけれど、IQと年齢は逆相関するという説がある。平均的に考えてみると、20代前半でIQ100だった人は、30代半ばでIQが95を切り、50代半ばまでには90を下回り、70代になると何と80を切ってしまう。

実際、天才と呼ばれる人の成果も、彼らが20代の時に集中している。科学史のみならず、人類が持つ世界像を変えた天才にニュートンとアインシュタインがいるけれど、ニュートンが万有引力の法則を発見したのは23歳。アインシュタインが相対性理論を発表したのも、26歳。

最近ではノーベル賞の高齢化が話題になっているけれど、それでもアイディア自体は、受賞者が若い時に思いついたものが多い。

それは創作の世界でも同じだよ。むしろ、創作の世界ほどその傾向は顕著かも知れない。ゲーテが『若きウェルテルの悩み』を書いたのが25歳、ウォルト・ディズニーがミッキーマウスを生み出したのは27歳。前澤さんが１２３億で落札して話題になったバスキアも、27歳で死んだアーティストだよね。

日本でも、若い時に書いたデビュー作が最も話題になったという作家は多い。

宮崎駿も、創造的人生の持ち時間は10年だと言っていた。

僕はまだデビューしてから10年は経っていないけれど、もうほとんど持ち時間を使ってしまったという確信があるんだ。本当ならどんどん文章はうまくなって、テレビや講演での話しぶりはもっと上達しないといけないのに、最近は僕が僕自身のことを少しも面白いと思えない」

彼の話を聞きながら、ＧａｌａｘｙＮｏｔｅで好きな作品のことを調べていた。

藤子・Ｆ・不二雄が『ドラえもん』の連載を始めたのは36歳、新海誠が『君の名は。』を発表したのは43歳、宮崎駿が『千と千尋の神隠し』を公開したのは60歳。平成くんの主張を覆すような例はいくらでも見つかった。

だけど言い返すのは、彼が話を終えてからにしよう。

平成くんの手元を見ると、思った通り魚料理には一口も手をつけていない。新しく運ばれてきた肉料理が、そのまま隣に置かれる。彼が滔々《とうとう》と話すのに気を遣って、サーバーは料理の説明を飛ばしてくれた。燻製《くんせい》された鴨に、ポテトのクリームが添えられたメインディッシュは、彼でも食べられるだろう。

「これはきっかけの一つに過ぎないんだけど、もうすぐ平成が終わるでしょ」

2016年8月8日、「象徴としてのお務めについて」というビデオメッセージが公開され、平成という時代が終わることが決まった。

報道によれば、平成は2019年4月30日をもって終了し、5月1日から新しい元号の使用が開始されるという。譲位のニュースが世間を賑わせていた頃、冗談で「平成くんの時代も終わっちゃうね」と言ったことがある。

彼は「どうせいつか終わるんだったら、あらかじめその時期がわかるだけラッキーじゃないかな」と笑っていたはずだ。

「あと1年くらいで平成が終わるということもあって、最近の僕は忙しい。平成を振り返るテレビ番組や出版物が多いからね。平成代表の面目躍如《めんもくやくじょ》だと思って、依頼はできる限り引き受けるようにしている。

でも、平成が終わった瞬間から、僕は間違いなく古い人間になってしまう。

もちろん、急に仕事がなくなることはないと思うよ。僕はそれなりに文章が書けるし、そこそこ面白い話ならできる。僕のことを好いてくれる人も、少なくはない。だけどもはや、新しい人ではなくなる。時代を背負った人間は、必ず古くなっちゃうんだよ。小沢健二の新曲、愛ちゃんも聞いたでしょ？」

チョコレートアイスにバジルとピーナッツが添えられたデザートが運ばれてくる。彼は鴨こそ完食したようだが、魚料理は金目鯛をほんの一切れ食べただけで、ほとんどそのまま残されていた。

サーバーに「お下げしましょうか」と聞かれたが、彼が答える前に「そのままにしておいて下さい。彼、ピーマンとエリンギ好きなんで」と満面の笑みで伝えた。平成くんが驚いたような顔をしてこちらを見遣《みや》る。

サーバーが出て行ったのを見届けた後、怪訝《けげん》な顔をして私に不平を言う。

「なんで嘘をつくの？　僕がピーマンもエリンギも嫌いなこと、知っているでしょ」

「見ててあげるから、今日は食べて」

「嫌いだとわかっているものを無理して食べる理由はないよ。ピーマンの主たる栄養素はカリウム、β-カロテン、ビタミンC。エリンギは食物繊維とナイアシン。どちらも他の野菜やサプリメントで十分に代替できる」

「そういうことじゃないの。平成くんは気が付いていないかも知れないけど、私は今、少し気が立っているの。せっかくの日曜日の夜に、大好きな人からいきなり安楽死を考えていると打ち明けられて、その理由がとにかく自分勝手で、まがりなりにも一緒に暮らしてきた人間に対する配慮はほんのひとかけらもない。

そして何より、聡明なはずの君が、どうしてそんな穴ばかりの理屈で死のうと考えているのか全くわからない。ついでにいえば、私、小沢健二の新曲、嫌いじゃないから。だからピーマンとエリンギくらい食べて」

どう考えても、私のほうが穴ばかりの理屈で、全く論理的でないことを話していた。この国に住むほとんどの人は「だから」や「つまり」といった接続詞を正しく使えない。私もその一人だが、さすがに「だからピーマンとエリンギくらい食べて」は意味不明だと思った。

私は今、滅茶苦茶なことを言っている。

平成くんは私をしばらく見つめた後、おもむろに立ち上がって、ドア付近の小テーブルに載せられたワインクーラーからサンペレグリノを取り出し、自分のグラスになみなみと注いだ。

そして立ったままの状態で、ピーマンとエリンギを手づかみで口の中に放り込み、一気に水と共に飲み込む。

長い指を額に当てて顔を隠しているが、彼が苦悶の表情を浮かべていることはわかった。眉間には皺《しわ》が寄り、大きな唇が右寄りに歪んでいる。ピーマンもエリンギもそのまま飲み込んだのだから、味も何もわからないと思うが、もしかしたら息ができなくて苦しんでいるのかも知れない。

その姿が滑稽《こっけい》で、私は笑い出してしまった。

「平成くんのそんな姿、初めて見た」

「最後かも知れないから、見せてもいいかなと思ったんだよ」

彼は新しく注いだサンペレグリノを飲みながら、冗談とも本気ともつかぬことを言う。まだ頬をぴりつかせ、辛《つら》そうな顔をしている。

安楽死という言葉のイメージや、改元のタイミングから、彼が死んでしまうとしても、それはしばらく先のことだと思っていた。しかしいつも準備周到な彼のことだから、もう明日にでも死のうとしているのかも知れない。

「ねえ、急に明日、死んだりしないよね」

「明日は朝からフジテレビだよ」

私と彼はグーグルカレンダーを共有していて、お互いの予定が確認できるようになっている。後で、彼のスケジュールがいつまで埋まっているのかを確認しておこう。少なくともその日までは、彼に生きる意志があるということだ。

二人分のチョコレートアイスがすっかり溶けた頃、コーヒーとマカロンが運ばれてきた。時計を見ると、22時を回っている。明日、朝の6時過ぎにはテレビ局から迎えの車が来てしまうはずだから、そろそろ彼を帰してあげたほうがいいのだろう。マカロンだけ持ち帰りにしたいと伝えて、クレジットカードを店員に渡す。「僕が払うよ」と言ってくれたが、彼はさっきUberの決済をしてくれている。

二人の間では、高額だろうが少額だろうが、会計はとにかく順番にするというのがルールだった。だから今は私の番なのに、ルールの大好きな平成くんらしからぬ間違いだと思う。そのことに彼もすぐに気付いたようで「Uber、呼んでおこうか」と言ってiPhoneの操作を始めようとする。

「ちょっとそこまで歩かない？」

私の提案に平成くんも乗ってくれた。レストランを出ると、あたりはすっかり暗闇に包まれていた。

六本木の真ん中にいるのに、古くからの民家が視界をじゃまして、高層ビルはほとんど見えない。人通りの少ない暗い路地を、光のほうを目指して歩き出す。

「ねえ、手をつないでくれない？」

そうだった。彼は暗闇が怖いのだ。せっかくだとばかりに、私の左手の指が全て彼の右手の指に絡みつくようにして、身体もぎゅっと寄せる。

「ねえ平成くん、今の港区の気温は？」

「グーグルホームじゃないから、そこまではわからないよ」

そう言いながら両利きの彼は、左手でｉＰｈｏｎｅをポケットから取り出して、顔認証でロックを解除しようとする。

だけど私がふざけて彼の身体を揺らしたものだから、中々ｉＰｈｏｎｅは使えるようにならない。

「別に平成くんに聞いているんだから、グーグルを使わなくてもいいよ。ねえ平成くん、ここから家までの距離は？」

「車だと飯倉片町経由で10分くらいかな。歩くと30分くらいだよね」

「ねえ平成くん、今日は何時に寝る予定？」

「明日は朝6時に起きないといけないから、睡眠に7時間確保することを考えると、あと1時間くらいで寝たいかな」

「ねえ平成くん、じゃあセックスできないね」

「時間があっても、僕がそういうこと好きじゃないの、知ってるでしょ」

そんなことを話しているうちに、東京ミッドタウンが目の前に見えてきた。

外苑東通りはいつものように、何十台もの車と、浮かれた大人たちが行き交っている。ＬＥＤの青白いイルミネーションが、街を辛気臭い色に染めていた。

「ねえ平成くん、死ぬなんて言わないで」

彼は何も答えない。私たちは手をつないだまま、人混みの中を六本木通り方面に向かって歩く。グーグルホームに反応してもらえなかった時のように、もう一度同じことを彼に向かって話しかけた。

すると平成くんは、少しだけ顔をうつむけて、小さく「ごめんね」とつぶやく。私は何だかいたたまれなくなって、タクシーを捕まえて、そこに彼だけを乗せた。

「ねえ平成くん、私、ちょっと買い物してから帰るね」

私が車に乗り込まないことに少し驚いたようだったが、無視して後部ドアを閉めてしまう。もちろんこの時間に買いたい物があるわけではない。彼が乗り込んだ車が六本木交差点を越えたのを見届けてから、バッグからＧａｌａｘｙ Ｎｏｔｅを取り出した。

＊

地下駐車場にタクシーをつけて、カードキーをセンサーに押し当てる。出勤時間に当たったせいなのか、エレベーターがなかなか降りてこない。時計を見ると7時半を過ぎている。彼はとっくに家を出ている時間だ。エレベーターには誰も乗っていなかったので、39階のボタンを押したあと、ドアが開くまで一人で蹲《うずくま》っていた。誰かの香水なのか、知らない名前の香りがエレベーターの中に充満している。昨日から起こったことを振り返ろうと思っていたら、あっという間に39階に着いてしまった。

ホテルのように仰々しく絵や彫刻が飾られたフロント階とは違うシンプルな内廊下

を抜けて自室を目指す。

鍵を開けると、いつものように彼の靴が雑然と並べられていた。「とくダネ！」の出演なら、プラダのレースアップシューズでも履いていったのだろう。

今日は空気が澄んでいるせいか、リビングの窓からは房総半島のほうまで見渡せた。3LDK、140㎡で、家賃は値引きしてもらって130万円。二人で折半しても安いとは言えない金額だったが、彼は一昨年から住み始めたこの部屋が気に入っているようだった。

東京湾に面した部屋からは、芝浦のビル群、レインボーブリッジの先に続くお台場や有明、さらにその先には海の森や東京ゲートブリッジが見渡せる。

景色に占める海の面積が広いせいで、夜景はそれほど明るいわけではない。彼はせっかくタワーマンションに住むならもっと東京の街が見渡せる西側がいいと言い張っていたが、住み始めてからそのような不平は一切聞かなくなった。

夜中に窓際で体育座りをして、何もせずに夜景を眺めている平成くんの姿を何度か見たことがある。

常に忙《せわ》しなく本を読んだり、誰かと連絡を取り合っている彼にも、そのように何もせず惚《ほう》ける瞬間があるのだと安心していたのだが、今になって思えば死の可能性について思いを巡らせていたのかも知れない。

珍しくミライが自分から私のもとへ寄ってきた。フードボウルにキャットフードは残っていたが、モンプチのまぐろスティックを差し出す。初めはおいしそうに舐《な》めていたものの、途中で食べるのをやめてしまう。あんなに食いしん坊だった彼も、最近ではめっきり食が細くなってしまった。

ミライを抱き上げて、ソファに座る。ぎゅっと抱きしめると、か細い声で鳴いてくれた。定期検診はまだ先だが、近いうちにかかりつけの動物病院へ連れて行こう。

ミライを膝《ひざ》に乗せたままテレビをつけると、ちょうど平成くんが出演しているところだった。買ったばかりの有機ELの77型ブラビアに大きく映し出された彼は、ランバンのジャケットとシャツを着て、神妙そうな顔つきでコメントをしている。

オウム真理教の裁判が、23年を経てようやく結審したというニュースだ。

「裁判が終わったということで、教団幹部への死刑執行が現実味を帯びてきました。改元前の執行が濃厚だと言われていますが、21世紀にもなって刑罰と元号を結びつける意味がわかりません。そもそも死刑制度って、死を権利ではなく、刑罰として考える点で、あまりにも時代遅れですよね」

小倉さんは納得がいかないという顔をして、平成くんの話を聞いていた。

ＴＳＵＴＡＹＡ六本木で買ってきた安楽死についての本を広げる。

この国では何年も前から安楽死が合法化されたことくらいは知っていたが、知識はそこ止まりだ。

身近に安楽死を選択した人はいないし、友人同士で話題に挙がることもない。本当は平成くんに説明させるのが一番なのだろうが、それでは私に余計な感情が交じってしまいそうだと思った。

本によれば、１９７０年代の世界的な安楽死運動と共に、日本でも安楽死の合法化を求める動きが活発になったのだという。

当時、重病の配偶者から「死にたい」と懇願され、愛ゆえに手に掛けてしまう嘱託殺人事件が全国で起こっていたのだ。

有吉佐和子の小説『恍惚《こうこつ》の人』が注目を浴びたのもこの頃である。そのような中で「日本安楽死を考える会」が発足し、重病患者に対する積極的安楽死の合法化を目指した。しかし、「患者や家族の闘病の気力を奪う」「優生思想につながりかねない」という批判が相次ぎ、安楽死運動は頓挫《とんざ》する。

事態が変わったのは1990年代に入ってからのことだ。1991年に神奈川県の東海大学医学部付属病院で、医師が末期癌の患者に塩化カリウムを注射して、殺人罪に問われるという事件が起きた。

昏睡《こんすい》状態にあった患者に対して家族は「もうこれ以上見ていられない。楽にしてやって欲しい」と主張した。医師は当初抵抗したものの、結果的に患者への延命治療を中止し、家族の目の前で塩化カリウムを注射してしまう。患者は急性高カリウム血症でほどなく死亡した。

医師を擁護する声も多かったが、殺人罪で起訴され、1995年に横浜地裁は懲役2年、執行猶予2年の有罪判決を下している。この事件では患者本人の意思表示がなく、日本安楽死を考える会も「自分たちの運動の趣旨とは合致しない」と医師の行為を批判した。

しかし、判決では「人間には死の迎え方を自ら選ぶ権利がある」として、延命治療の打ち切りといった「消極的安楽死」は違法ではないという判断も示していた。

もう物心ついていたはずだが、このニュースのことは全く記憶にない。とにかく、東海大の事件をきっかけに、再び議論が活発になったのは事実だ。

高齢化が始まった日本社会では、自分や家族の介護や看護に不安を感じる人々が増加していて、彼らにとって安楽死の合法化は切実な問題だったのである。多くの政治家たちも安楽死に前向きな姿勢を示した。反対派は「姥《うば》捨て山の再来になりかねない」「社会保障費の削減の手段として使われる」と主張したが、世論調査でも安楽死を容認する声が多数だった。

１９９９年には、超党派の議員連盟が法案を国会に提出し、要請に基づく生命終結および介助自殺に関する法律、通称安楽死法が成立する。１９９５年の横浜地裁判決を受けた法律であり、この時点では積極的安楽死が認められるのは、死期が迫っており、耐えがたい苦痛のある患者に限定されていた。もちろん、本人の意思表示も必須要件である。

世界に先駆けて成立した安楽死法だったが、一度施行されてからは、大きな反対の声は聞かれなかった。それどころか、安楽死の適用範囲を拡大して欲しいという声は強まる一方だったのである。

日本に遅れて安楽死法を施行したオランダとベルギーでは、肉体的苦痛に限らず精神的苦痛を理由にした安楽死の実施も容認された。両国では、性転換手術の失敗、性被害のトラウマ、聴覚障害や視覚障害を理由にした安楽死の例さえあった。

一方の日本では2000年代初頭、年間3万人ほどの安楽死の届け出があったが、どれも終末期の患者ばかりで年齢は80代以上に集中していた。

忘れられない画期として記憶されているのは、2002年に一人の女子高校生が起こした凄惨な事件である。

ここからは、本を読まなくても、私でも覚えている。

当時、関東テレビ系列の「若者の主張」というバラエティ番組が好評を博していた。NHKで放送されていた「青年の主張」のパロディなのだが、中高生たちが学校の屋上で思い思いの主張や告白をするコーナーが番組の名物だった。中学生だった私も、吹奏楽部の練習が早く終わった日は欠かさずに見ていたと思う。

その日は改編期に伴うスペシャル番組のため、収録ではなく生放送で、栃木県の公立高校と中継がつながっていた。

一人目の男子高校生がクラスメイトへの告白に失敗した後、その女子高生は屋上に立ち、スポットライトを浴びた。

リハーサルでは、彼女は闘病中の母親に対する想いを読み上げ、スタッフの中には涙を流す人もいたらしい。本番でも、彼女は初め母親に対するメッセージを語った。しかしそれはすぐに父親に対する呪詛《じゅそ》の言葉に変わる。

母親が3年前に入院してからというもの、彼女は幾度となく父親に襲われ、セックスを強要されたのだという。

学校に相談したものの、教師たちは誰も真剣に取り合おうとしなかった。一人で自殺することを考えていた時に、自分の高校で「若者の主張」の公開生放送が行われることを知った。そこで、せっかくだからこの社会にメッセージを残してから死のうと決めたという。

彼女は、家庭内の問題だからといって大人が踏み込まないのはおかしいということ、レイプ被害に対するこの国の認識が甘すぎること、そして自分のような心の傷を抱えた人間に対しては、若くても安楽死の道を開いて欲しいと言い残し、屋上の手すりを越えた。

そしてそのまま、身を投げた。

当然のことながら、番組には批判の声が殺到した。彼女の主張は約2分に渡ったのだから、どこかでスタッフが止めるタイミングがあったはずだというのだ。

だけど、この番組をリアルタイムで観ていた私にはわかる。死を覚悟した彼女の気迫に、誰も動き出すことなんてできなかったのだ。番組を観ていた私たち家族も、食事の手を止めて、無言で画面に見入っていた。

しかし事件はここで終わらなかった。幸か不幸か、彼女は死ななかったのだ。脊髄《せきずい》を損傷し、全身不随になったが、一命を取り留めたのである。母親と同じ病院に運ばれた彼女は、2週間後に意識を回復してから、番組と同じ主張を繰り返した。

特に彼女が訴えたのは、安楽死が認められる範囲を広げて欲しいということだった。『新潮45』という雑誌に発表した手記には、理知的な文章で、彼女の赤裸々な想いが綴られていた。

彼女は「完全に自業自得」だとしながらも、自身が極めて辛い状況にあることを訴える。手足はほとんど動かず、顔にも麻痺《まひ》が残り、右目はほとんど見えない。「まるでバイオハザードに出てくる怪物のような外見」になってしまったといい、鏡を見られない日々が続いているという。

さらに、全国放送で身内から性暴力被害を受けていたことを告白したことで、地元やインターネット上で好奇の目にさらされることになった。
2ちゃんねるでは彼女に関するスレッドが次々に立てられて、個人情報が次々と特定されてしまう。このような状態ではもう一秒も生きていたくない。だから一刻も早く、安楽死を認めて欲しいというのだ。

だけど当時の安楽死法では、命に別状のない彼女のような人間が死ぬことは認められていなかった。

彼女に興味を持った私は、学校の図書館で『新潮45』を探して、わら半紙のような紙質に驚きながら手記を読んだ覚えがある。一読した時は、全身不随であるはずの彼女がなぜ2ちゃんねるまで確認できていたのか不思議だった。

インターネットで調べてみると、彼女の弟が病室にパソコンを持ち込んで、女子高生を焚《た》きつけているのだと書かれていた。他にも、左翼運動家の息子が彼氏だったとか、彼女は役者に過ぎず全ては安楽死の範囲を拡大したい勢力による陰謀だとか、様々な噂が流された。

真相は不明だが、「若者の主張」事件がきっかけで、安楽死に関する議論が再燃したのは事実だ。

その後、安楽死が容認されるための要件は、徐々に緩和されていった。

２００５年にはベルギーやオランダのように精神的苦痛が理由での安楽死が認められるようになる。認定には二人以上の医師と、一人の認定カウンセラーとの面会が必要だが、「精神的苦痛」の定義は時代が下るにつれて拡大解釈される傾向にあった。

２００８年には、安楽死の許可が下りなかった当時25歳の青年が焼身自殺を図った秋葉原事件が起こり、大きな議論を呼んだ。

彼は派遣労働を繰り返す中で、安楽死を考えるようになり、インターネット掲示板で知り合った仲間たちとの集団死を望んでいた。しかし仲間たちが安楽死を認められる中、彼だけが受診したクリニックで「遊び半分で死を考えてはいけない」と高齢の医師に諭され、認定を得ることができなかった。そのことに逆上し、白昼堂々《はくちゅうどうどう》、焼身自殺をすることを思い立ったのだ。

その凄惨な模様は、すぐさまその場に居合わせた人たちによって、ＹｏｕＴｕｂｅやニコニコ動画で共有され、国会を巻き込んだ論争に発展した。

現在の日本は、「世界で一番安楽死のしやすい国」と呼ばれ、海外から安楽死をするために訪日する自殺ツーリズムまで流行している。

人口動態統計によれば、２０１７年の死者数は１３４万人だったが、その１割超の15万人が安楽死でこの世を去っている。その中には安楽死がなければ自殺や病気で死んでいた人が多く含まれているはずだという。確かにかつて日本では自殺者数が年間3万人を超えたこともあったが、最近では数千人にまで減少している。

とにかく平成という時代に、日本の死をめぐる状況が劇的に変わった。

「この国では、人が死んだ時だけは、あっさり物事が動くからね」

私が本を読むのに夢中になっている間に、平成くんは仕事を終えて家に戻ってきていたらしい。

番組で着ていたジャケットを脱ぎながら、冷凍したブルーベリーをくわえている。本当は私が安楽死について調べていること自体、彼に知られたくなかったのだが仕方ない。

「もうお医者さんとカウンセラーには会ってきたの？」

「うん。でも秋葉原事件の後は、本当に形式的なチェックしかされないよ。僕の状態を話したら、特に問題はないって言われた」

「問題があるから、死のうとしているんでしょ」

よかった。昨日の夜に比べて、何の気兼ねもなく彼と死についての会話ができている。昨日から一睡もしていないのが逆に良かったのかも知れない。

「問題というか、死ぬのに一番いい時期にちょうど巡り会えたという感じかな」

彼は私のほうを見もしないで、Ｓｕｒｆａｃｅを広げてキーボードを打ち始めた。いつものように、パソコンに対して顔を斜めに傾けて、右目だけを突き出したような姿で原稿を書いている。

いつの間にかミライはソファを離れ、平成くんの膝の上に乗っていた。ミライは、彼によくなついている。

まだ生きていた父が飼い始めたミライを、この家に連れてきてから1年半ほどになる。母が急に猫アレルギーになってしまったのだ。

子どもは汚いと言って炎上したことのある平成くんが、ミライにどんな反応を示すか不安だったが、杞憂《きゆう》だった。

彼はミライをかわいがり、自分の本の表紙にまで登場させる有様だった。「飼育代を経費で落とすためだよ」と言っていたが、私に隠れてミライの身体に顔を埋《うず》めている瞬間を何度か目撃したことがある。

平成くんは、『週刊文春』で連載しているエッセイを書いているようだった。締め切りは今日の15時のはずだ。死ぬことを考えている人間が、律儀に締め切りを守って仕事をする姿は滑稽にも思えた。

彼が本気で死ぬことを考えているとしても、それは今日や明日という差し迫った時期ではないようだ。そう思ったら、急にあくびが出てくる。

「今日は朝まで本屋にでもいたの？　今、愛ちゃんが読んでいるのは、家になかった本だよね」

彼は視線をSurfaceのモニターに向けたまま、さも「全く興味はないけど一応聞いておくよ」といった態度で聞いてきた。

「このあたりに24時間営業の本屋さんはないよ。六本木のTSUTAYAでも朝4時まで。平成くんも知ってるでしょ」

「じゃあ、朝まで何してたの」

彼は少しの迷いもなくキーボードを打ち続ける。林真理子や西村京太郎には負けるのだろうが、彼の筆は同世代にしては速く、年間5冊ほどの本を出しているはずだ。文章を書きながら、他人と会話することを得意としていたが、どこまで本気で話を聞いているのかはわからない。私は彼の質問に答えず、KAREで買ったサイドテーブルに置いてあるグーグルホームに向かって話しかける。

「ねえグーグル、今日の予定は？」

「今日のカレンダーには3件あります。15時から電通で澤本さんと打ち合わせ、17時から日本テレビで「バンキシャ！」の取材、19時から小学館相賀さんと麻布十番桂浜で会食です」

まだ11時前だから、シャワーを浴びる時間を考えても3時間以上は眠れる。

本当は電通との打ち合わせも飛ばしてしまいたかったが、ただでさえ著作権者の娘というのは、傲慢《ごうまん》に思われがちだ。慎ましやかであるくらいが丁度いい。きちんと14時50分には汐留に着くようにしよう。

「ねえ平成くん、私ちょっと寝てくるね」

「僕もこのエッセイを書き終わったら、少し仮眠しようかな」

「しっかり7時間眠ったんじゃないの」

今度は彼がその質問に答えない。中学生の頃からマイスリーが欠かせない私と違って、彼が睡眠で困っているのを見たことはない。

この家で私たちはそれぞれ自室を持っていたが、寝室は共有している。平成くんの性格を考えてベッドルームを分けようかと提案したこともあったが、彼は同じベッドでいいと言った。

その言葉通り、彼はいつもベッドに入ると、まるで機械のように、ものの数分で眠りに就いてしまう。私は一晩のうちに何度も中途覚醒してしまうのだが、彼が夜中に起きているのは見たことがない。

だから安楽死と聞いても、彼が鬱病や精神的ストレスに苦しんでいるという線は一切疑わなかった。

もちろん、長寿が善とされてきた社会で、「死にたい」と願うことはそれだけで異常に違いない。だけど、実際に自殺か安楽死を選ぶかは別として、「死にたい」と思う人は決して少なくないという。

さっき読んだ本によれば、「本気で自殺や安楽死を考えたことがある」という人の割合は25％に達するといい、特に20代では何と45％に自殺念慮があるらしい。人生100年時代と言われ、せっかく長寿が珍しいものではなくなったのに、多くの若者が死に憧れるのは皮肉だと思った。

パウダールームでメイクだけを落として、彼とお揃いで買ったマシュマロガーゼのパジャマに着替える。

セックストイが並んでいるベッドルームは、分厚い遮光カーテンが閉まったままになっている。

彼はどれほど明るい部屋でも眠れるらしいが、私は少しでも光があると入眠できない。ウーマナイザーが充電中であることを示す緑色の点滅さえも気になるくらいだ。

彼と一緒に銀座のショールームで選んだテンピュールのマットレスに横になる。睡眠時間に変化はないが、テンピュールを買ってからは、ベッドの上にいることが苦痛ではなくなった。

枕元に置いてあるマイスリーを5ミリグラムだけ飲んで、目を閉じようとする。

そのタイミングで、彼がベッドルームに入ってきた。

シャツもパンツも番組に出た時のままだ。もちろんミライの毛がたくさんついている。しかも靴下も履いたままでいた。

「着替えないの？　皺になっちゃうよ」

「どうせクリーニングに出すから」

そう言って、そのままベッドに入ってくる。セックス嫌いを公言する彼は、往々にして綺麗好きの潔癖症と勘違いされるのだが、それには全く当たらない。使った物は平気で出しっ放しにするし、着た服も散らかしたままでいる。他人の体臭や体液には敏感だが、自分自身の汚れには全くの無頓着《むとんちゃく》なのだ。テレビ局でセットしてもらった髪にはワックスもスプレーもついたままだろう。

私たちは、いつものようにキングサイズのベッドの端と端で横になった。さっき飲んだマイスリーが効いてきて、感覚が少しずつ朦朧《もうろう》としていく。右手を伸ばして彼の身体を探そうとしたところで意識が落ちた。

＊

小学館との会食が終わった後、二次会を断って二の橋交差点からタクシーに乗り込む。明日の予定を確かめようと思って、平成くんがスケジュールをいつまで入れているのか確認していないことに気が付いた。

今月や来月のカレンダーには、テレビ出演や原稿締め切り、講演の予定が毎日のように入っている。4月以降はカレンダーに空欄が目立ち始めるが、それでもいくつもの仕事が確認できる。

念のため、2020年までグーグルカレンダーをめくっていったのだが、最後の予定は2019年1月にある友人の誕生日会だった。そういえば彼は、オリンピックの式典総合プランニングチーム参加の打診を辞退していたはずだ。

やはり改元が実施される2019年4月末のタイミングで、命を絶とうと考えているのかも知れない。

平成と共に逝くというのは、確かに「平成くん」の最期としては、これ以上ないくらいのタイミングだ。文字通り彼は平成と共に生まれ、平成と共に消えたということになる。崩御に伴う改元ではないため、正確には殉死とは呼ばないのだろうが、平成に殉じた人間として一部では話題になるのかも知れない。

しかし、それは彼のポリシーに反しているような気がした。

平成くんは、どんな時でも自己決定を大事にする。仕事を選ぶときも、いつも自分の裁量を気にしていた。そんな彼が、誰かに決められたタイミングで死を選ぶというのはおかしい。

家に帰るまで待てなくて、思わず電話をかける。

10秒もしないうちに彼は出た。

「ねえ平成くん、やっぱり平成と一緒に死ぬっていうのは最高に格好悪いよ」

「急にどうしたの」

「平成くんは自分で決めるってことを大事にしてたじゃん」

「落ち着いてよ。話なら聞くからさ。僕も今ちょうど会食が終わったから、どこでも行けるよ」

昨日からの私はおかしい。本来ならば「落ち着いてよ」は、死を考える彼に向かってかけるのにふさわしい言葉のはずだ。

それにもかかわらず、私が彼以上に取り乱している。

彼は永田町からＵｂｅｒに乗ったところだというので、私たちはアンダーズのルーフトップバーで落ち合うことにした。いつもＥＤＭのかかる騒々しい場所だが、きっと静寂に耐えられないだろう今の私には丁度いい。

車寄せでタクシーを降り、パーティーで盛り上がるピルエットの横を抜けて、鏡張りのエレベーターに乗り込む。かすかに下から突き上げてくる重力の中で目を閉じると、このままどこか遠くへ行けそうな錯覚に襲われる。しかし身体はほんの数十秒で52階まで運ばれてしまった。

ドアが開くと、いつものように重低音が大音量で鳴り響いている。

サンローランのサングラスをかけて、サーバーに英語で「Could I have a table with a nice view, please?」と告げた。

気のせいかも知れないが、最近の東京では、こうやって外国人を装った方が良質なサービスを受けられる。少なくとも、私自身が外国人になりきることで、店側の細かなトラブルに対して寛容になることができた。

希望通り、東京湾の夜景が一望できる窓際の席に案内される。

いつもマンションから見える景色とほとんど変わりないはずなのに、階数が少し上がるだけで、眺望ははるかに良くなる。52階だと、同じ目線になる建物がほとんど存在しないからだ。

高い位置から街を眺めると、全ての悩みは小さく思えるとよく言うが、私は嘘だと思う。むしろ、この街だけで、今この瞬間にも、何十万人の人が仲違《なかたが》いをし、何十万人の人が死を考えているのだろうと、うっかりするとネガティヴな感情の波に圧倒されそうになる。

売れているというので読んでみた『君たちはどう生きるか』でも、主人公のコペル君が東京の街を冬の海に喩《たと》え、知らない何十万人、何百万人が生きていることに身震いをするという描写があったはずだ。

サーバーがメニューを手にして「Can I get you something to drink?」と聞いてきた。そのタイミングで平成くんから電話がかかってくる。

「今、52階でエレベーターを降りたんだけど、どこにいる？」

「窓際の席」

サーバーの手前、気まずくて、ほんの少しだけ、たどたどしい発音で伝える。

「暗くてよくわかんないよ。迎えにきてくれないかな」

私は仕方なくサーバーに日本語で「シャンパンをグラスで2杯。もしロゼがあったらそれで」と伝えて、彼のもとへ向かう。

平成くんは朝と同じランバンのジャケットとシャツに、アクネのロングコートを羽織っていた。案の定、シャツは皺だらけになっている。寝癖までついていた。

「朝から着替えなかったんだね」

「進次郎さんたちとの会食だから少しフォーマルな服がいいかなと思ったら、ちょうどもう着てたんだよね」

かわいいなと思いながら、平成くんの頭を撫でる。昨日は「いいんじゃない」と返事をしてしまったが、やはり彼を死なせるなんてだめだと頭を切り換える。

彼は望み通りの終わり方ができて満足かも知れないが、それでは私が耐えられない。彼の手を引いて、窓際の席に座ると、すぐにグラスシャンパンが運ばれてきた。私は一気にそれを飲み干して、「やっぱりボトルでもらえますか」とサーバーに伝える。

「飲み過ぎるのは良くないよ」

相変わらず彼は、自分の安楽死願望を棚に上げて、常識人のように振る舞う。

「あのね、打ち合わせや会食の最中もずっと考えてたんだけど」

「だめだよ、打ち合わせには集中しないと。日本の長時間労働の一因は会議の長さと多さにあると言われているんだから。せめて部外者として打ち合わせに参加する人が時間感覚を持たないと」

「やっぱり平成くん、死んだらだめだよ。安楽死っていうから何となくいいかなと思っちゃったけど、君の場合は要するに自殺でしょ。しかも不治の病に冒されているわけでも、耐えがたい肉体的苦痛があるわけでもない。鬱病にも精神病にも見えない。友達もいて、仕事もあって、お金にも困ってない。それなのに死にたいって、どういうことなの」

昨日はあれほどヒステリックにならないように努力していたのに、もう一気にまくし立ててしまった。十分に自覚しているが、私には彼への尊敬の念がありすぎる。私はクリエーターを名乗りながら、所詮《しょせん》は親の七光りで活躍できていることを十分に自覚している。

感覚も感性も、悲しいくらい凡人の域を出ない。そんな凡人から見ると、平成くんはあまりにも眩《まぶ》しい存在だった。だから、彼の言うことは安易に否定できないし、意見についていけないと思う時も、無理をしてでも彼に合わせようとしてきた。そうすることで、自分も非凡になれたような錯覚をしていたのだ。

だから、安楽死に関しても、彼の立場にできるだけ寄り添おうとしてみた。だけど、これぱかりはやはり無理だ。私は、死に関しては、極めて常識的な人間でいい。

案の定、彼はかわいそうな人を見るように話し始めた。

「まるで20世紀の人みたいなことを言うね。

人々の死生観は10年、20年で変わるものではないから、愛ちゃんみたいに思うのは仕方ないと思うよ。人々の平均寿命が短く、死がありふれていた時代には、自殺が禁忌と思われていても不思議ではなかった。だけど今はもう2018年だよ。トマス・モアが『ユートピア』の中で、安楽死の可能性を提起してから約5世紀。もっと死は自由になってもいいと思うんだ。

すべての人は例外なく死ぬ。その時期がちょっと早まることに大騒ぎしないでよ。僕の考えは変わらない。終わった人間にはなりたくないし、もう十分にやり尽くしたという気持ちもある。今さら僕がTikTokerになるなんて想像できる？　自分の最期は自分で決めたい」

「平成と共に死んで、三面記事にでも載ることが、平成くんの最期でいいの？　改元のタイミングはニュースがたくさんあるから、何でもない日に死ぬよりも、扱いは小さくなると思うよ」

彼のツイッターのフォロワー数は97万人。文化人としては多い数字だ。

若者の安楽死は珍しいことではなくなったが、彼のような立場の人が安楽死を選んだというのは聞いたことがない。

平成くんが死んだとなったら、ある程度のニュースになるだろう。葬儀は築地本願《つきじほんがん》寺《じ》か青山葬儀所で執り行われ、有名人が弔問《ちょうもん》に訪れる様子が容易に想像できた。特別番組までは製作されないだろうが、レギュラー出演している番組で追悼コーナーくらいは設けられるだろう。書店でも、専用コーナーが設置され、彼がこれまで出版してきた本やムックが並べられるはずだ。

しかし、世の中が祝賀ムード一色に包まれる改元時に死を選んだとしたら、黙殺とまではいかなくても、メディアはそれほど大きくは取り上げないだろう。

「別にまだ死ぬタイミングを2019年4月の終わりって、明確に決めたわけじゃないよ。ただ、そろそろ締め切りは決めなくちゃいけないとは思っている。一番ふさわしい時期のことは、ずっと探しているよ。

僕の好きな歴史学者は、卒業生に対してこんな言葉を贈るんだって。「締め切りのある人生を生きて下さい」。確かに僕たちは、締め切りがあるから計画を立てたり、頑張ったり、焦ったりすることができる。もしも、あらゆる仕事に締め切りがなかったら、社会は回っていかない。

だけど、人生という締め切りは時に遠すぎる。

終わりがいつ訪れるかもわからないわけだからね。僕は人生の締め切りを決めることで、自分を追い込みたいとも思っている。だから、死ぬまでに過去最高の作品を作るつもりだよ。死者だけが座れる特等席にふさわしいものを残しておかないと、君の言うとおり、僕の人生はともすれば滑稽になってしまうから」

彼の死にたい理由には、やはり何か大きな欠陥がある気がした。

しかし、アルコールで私の頭が回っていないせいか、それが何なのか言い当てられなくてもやもやする。もしかすると彼が陥っているのは、局所最適解のジレンマなのかも知れない。

いつか彼自身が言っていたのだが、その分野についての情報が不足している時に、いくつもの条件付きで成立する不完全な答えを出してしまうことがある。より多くの諸条件をインプットすれば、より最適な解を発見できるはずなのに、無知ゆえにその可能性を見逃してしまうというのだ。人工知能でいえば機械学習が中途半端で、誤差の多い状態である。

「平成くんが死にたいというのはわかった。でも平成くんは実際に安楽死のことをどれくらい知っているの？　きちんと病院や業者の比較はしたの？　実際に安楽死を選ぶ人や、遺族に対する調査はしたの？　平成くんは見かけによらず人と話すのが得意だけど、きちんと安楽死についても調べに調べ抜いたの？」

彼はぼんやりと夜景を眺めたまま、10秒ほど無言で考えているようだった。

平成くんには一応の死ぬ理由らしきものはあるが、安楽死の現場についてあまりにも無知なのではないのか。それゆえに、彼の話はまるでリアリティのない絵空事のように聞こえてしまうのかも知れない。

「確かにそうだね。安楽死をすることは決めたけど、実際の安楽死の現場について僕はほとんど知らない。もちろん動画くらいは見たけど、直接立ち会ったことはない。死ぬ理由ばかり考えて、実際の死に方についてまだそれほど真剣に決めてこなかった。それは君の言う通りだと思う」

ようやく糸口が見えたことに安堵して、私はグラスになみなみと注がれたシャンパンを飲み干す。バーに流れる重低音が心地よくて、思わず立ち上がって、だけどすぐにバランスを崩して、彼の身体にもたれかかる。

「酔っ払いすぎだよ。もう帰ろう」

「ねえ平成くん、今日はこのままアンダーズに泊まろうよ」

「僕たちのマンションはすぐそこだよ」

「部屋のベッドは平成くんが汚しちゃったでしょ。前から言いたかったけど、私、靴下のままベッドに入ってくるのとか、本当は嫌なの」

私はしぶる彼の手を引いて、ラウンジに常駐しているホテルスタッフのもとへ向かう。私はスイートがいいと言ったのに、彼がスタッフと相談してタワービューキングの部屋を押さえてしまった。

そのままルームキーをもらって、49階の部屋へと向かう。

「私、昨日からわがままだね」

「それはお互いさまだよ」

部屋のドアを開けると、東京タワーが目に飛び込んで来た。

高層階からの夜景は見慣れていたが、東京は西向きのほうが少しだけ明るい。六本木ヒルズ、東京ミッドタウンといったこの街のランドマークが見はるかせた。

バーキンを乱暴に部屋の床に投げると、平成くんに抱きつく。

エルメスのモンスーンの庭の香りに混じって、ほのかに平成くんの体臭がする。

彼が一日着て、しわくちゃになったシャツに顔を押しつけた。石鹸《せっけん》が少しだけ発酵したような、甘酸っぱい香り。そして彼を見上げる。眉間に皺を寄せていて、その顔は困っているようにも、笑っているようにも見えた。

そのままコートとジャケットを脱がせて、ソファのほうに投げる。皺になってしまうかも知れないが、彼は頓着しないはずだ。

シャツもボタンを上から一つずつ外していく。平成くんの、がりがりの胸板と、贅《ぜい》肉《にく》が一切ついていないお腹が現れる。一度、お腹に肉がつきそうになったタイミングで、彼は空腹時のヨヒンビン服用と、ステッパーでの足踏み運動を始めていた。

ｉＨｅｒｂから大量のサプリと、アメリカのアマゾンから４０９ドルもするステアマスターという無骨なステッパーが届いた時は冷ややかな目で彼を見ていたが、すっかり贅肉が消えたのを見て、私も同じトレーニングを始めた。

その真っ直ぐなお腹にキスをして、そのままベルトを外そうとしたら、ここに来て初めて平成くんも抵抗を始めた。

「急にどうしたの」

「わがままはお互いさまなんでしょ」

そう言って彼の腕をはねのけて、そのままルイ・ヴィトンのブラックパンツを足元まで下ろしてしまう。すると意外なことに、グレイブボールトのボクサーパンツの中で、彼のペニスが勃起しているようだった。

私はまだコートさえ脱いでいないので、間違いなく私の身体に対して欲情したわけではない。複雑な気持ちになったが、彼の身体はこのシチュエーションに興奮しているということだろうか。

膨らんだボクサーパンツを脱がそうとすると、いよいよ彼は本気で抵抗を始めた。そう言っても、私を突き飛ばしてしまいたくなかったのか、その場でしゃがみ込んでしまう。

身長187センチの男の子が、はだけたシャツとパンツ姿で、靴下を履いたままへたり込んでいる姿は滑稽だった。

「汚いからだめだよ。最後に僕がシャワーを浴びてからもう24時間以上が過ぎてる」

「汚いかどうかは、君じゃなくて私が決める。君の身体を舐めようとしているのは私だよ」

「舐められようとしているのは僕だよ。僕にも、僕の身体が汚いかどうかを判断する権利はある」

私はうずくまった身体を押し倒すようにして、彼の上におおいかぶさる。彼も本気になれば、身長157センチの私なんて簡単に撥《は》ねのけることができるはずだが、さすがにそれはしない。

代わりに、怯《おび》えたような困ったような表情で私の顔を見つめた。

私は少し意地悪な笑顔をして彼に話しかける。

「じゃあさ、死ぬ権利が君にあるとして、死なれる私にも何かの権利はあるってことだね」

「それはさすがに牽強付会《けんきょうふかい》じゃないかな」

構わず私は彼のパンツを下げて、勃起しているペニスを口にくわえる。アンモニアと磯の匂いが混じったような生臭さが口を通じて伝わってきた。亀頭の先からは、うっすらと透明な液が漏れ始めている。

上目遣いで彼を見ると、声を絞り出すようにつぶやいた。

「ねえ、せめてお風呂に入らない?」

「別に平成くんは何もしないでいいよ。私にも一切触れなくていい。そのまま恥ずかしがってな」

私は慎重に彼の包皮を剝《む》いていく。真性包茎一歩手前の彼は、うまく剝いてあげないと皮が戻らなくなってしまう。だけどもしもそうなったら、一緒に泌尿器科に行こう。そんなことを考えるとどんどん楽しくなってきて、一心不乱に亀頭から裏筋を舐め回す。自分でも驚くくらい唾液が出てきて、濁った液体を吸い込もうとする度に、くちゃくちゃと大きな音がする。

「平成くん、キスしてもいい？」

「自分の精液と間接キスをするのは気が進まないよ」

彼は今、絶対にキスなんてしたくないはずだ。

私たちはいつもキスをする前に、入念に歯磨きをするか、少なくともブレスケアのタブレットを飲むことを欠かさなかった。でもさ、これくらいのわがままはいいよね。両手で彼の顔を私の正面に向けて、乱暴に舌を彼の口の中に滑り込ませる。

シャンパンと口臭が混じり合った温かい吐息の中で、彼と私の舌が交わり合う。お風呂に入らず、シャワーも浴びずに、彼とセックスをしようとするのは初めてかも知れない。

いじわるなくらい、たくさんの唾液で、彼の顔や首や乳首を舐め回す。もしも男女が逆だったら、これはレイプと呼ばれるのだろうか。いや、２０１７年に改正された刑法では、強制性交等罪の被害対象が男性にまで広げられたはずだ。だけど彼のペニスも勃《た》っているし、挿入はしていないのだから、訴えられたとしても強制わいせつ罪か。

そんな妄想をしている間にも、平成くんの息はどんどん荒くなる。

「いつもと逆なのも、たまにはいいね」

一緒に暮らすようになってから、彼には何度もアダム徳永のスローセックスＤＶＤを観せた。アダム徳永のことを教えてくれたのは、３年くらい前に一度だけセックスしたことのあるミュージシャンだ。

私は17歳の時にセックスを覚えてから、そのスタイルにそれほどの選《え》り好みはないほうだと思っていた。

しかし渋谷のＫＩＴＳＵＮＥで開催されていた友人の誕生日会で出会ったミュージシャンの彼は、驚くほどセックスに時間をかけ、そして上手だった。

別れ際にその秘密をしつこく問いただすと、恥ずかしがりながら「アダム徳永だよ」と告白してくれた。その存在を友人経由で知り、本人が主催するセミナーにも匿名で参加したことがあるのだという。

その後しばらくはアダム徳永のことなど忘れていたが、平成くんと出会ってからその名前を思い出した。セックス嫌いの平成くんは、私が誰と関係を持とうが構わないと言っていたが、それでは私自身が納得できない。

何か策はないものかと考える中で、ふとアダム徳永に思い当たった。アダム式のセックスは舌ではなく指先での愛撫《あいぶ》を重視する。それなら平成くんも習得しやすいと考えたのである。粘膜《ねんまく》接触を嫌がる彼でも、指先を使った身体への愛撫ならば、それほど抵抗がないはずだ。

結果、努力家の彼は、ぶっきらぼうではあるが、悪くない愛撫をしてくれるようになった。アダム徳永の教科書通り、手の平全体を使い、背中から臀部《でんぶ》、太ももの裏側という順番で、ゆっくりと丁寧に身体中を愛撫する。

クリトリスを多少触るだけで、すぐに挿入しようとしてくる若い男の子に比べれば、平成くんのセックスは、私をとても幸せな気持ちにしてくれた。

もしも私たちのセックスに少し特別な点があるとしたら、私だけが裸になって、彼は服を着たまま、一方的に私の身体を愛撫するということだろう。

もちろん私はいつも、セックスの直前にお風呂に入って、念入りに身体中を洗う。それでも彼は、決して素手でクリトリスに触ろうとはしない。そこで私が買い集めたセックストイの出番だ。

軽いキスをしながら、スヴァコムのバイブレーターや、ゼウスの低周波パッドや、ウーマナイザーを手にして、私をオーガズムへと導こうと努力してくれる。

彼は頑《かたく》なに、自分のペニスの挿入だけは嫌がった。だから私たちはまだ一度も、ペネトレーションという意味でのセックスをしたことがない。

それでも服を着たままの彼に冷めた目線を向けられる、私たちのセックスを嫌だと思ったことはなかった。

「ねえ平成くん、やっぱり今日も入れたくない？」

彼は一瞬、思い詰めたような表情を見せたかと思うと、目をぎゅっとつぶって、唇を横に大きく広げて、顔をしわくちゃにする。

そして意を決したように体勢を変え、私の身体を床に押しつけて、服を脱がせようとしてきた。私は彼に手を貸す形で、マークジェイコブスのコートと、ケイコニシヤマのワンピースを乱暴に脱ぎ捨てた。

彼は、丁寧に私の身体を舐め回し始める。私は、平成くんが相当の無理をしていることがわかった。彼は普段、セックスの時に舌なんて絶対に使わないからだ。だけど今夜の彼はなぜか、舌を使って私の身体を愛撫しようとしてくる。アダム徳永の教材には、器用さの面で指に勝る武器はないと書いてあったはずなのに。

しかも今の私は、シャワーも浴びていない。それほど汗はかいていないはずだし、永久脱毛も済ませてあったが、他人の臭いに敏感な彼には気になる箇所もあるはずだ。頑なにセックスで舌を使わなかった彼が一体どうしたのだろう。この期に及んでも挿入を嫌がる彼なりの代償行為なのだろうか。

彼の舌は、いよいよ私の下半身の愛撫を始めた。

大きな手で私の両膝をそっと広げて、女性器に舌を這わせようとする。さすがに躊躇《ためら》っているのか、舌はクリトリスまで届かず、その周囲をうろうろしている。呼吸の仕方で、彼が息を止めているのがわかった。

ねえ平成くん、無理しないでいいよ。昨日の彼と比べちゃうから。

思わずひどいことを頭の中に浮かべてしまう。幸い、声にはならなかったようで、彼ははだけたシャツのまま、何とか私の女性器を舐め上げようとしてくれている。そうだ、私は決して平成くんの身体を必要としているわけではないんだ。そのことに気付くと悲しくなって、私は平成くんの頭を身体からそっと離して、大きな肩をぎゅっと抱きしめる。

「ごめんね。無理させてごめんね」

「僕、何か間違った？」

彼の顔を見ると、怒られるのを待っている子どものような表情をしていた。

「ううん、平成くんは何も間違ってないよ」

かわいい。いつもは何事にも自信満々で、何の躊躇いもなく決断ができるのに、自分が知らないことになると、途端に不安そうな顔を見せる。

それに比べて私はなんて冷酷なんだろう。何もいい言葉が思いつかなくて、彼のことを抱きしめたまま、一分近くが過ぎてしまう。

「でもさ、この格好は、さすがに二人とも変だよね」

平成くんの言葉で我に返る。黙ったままでいる私に、彼も気まずくなったのか、少しおどけながら言ってくれた。

確かに私はブーツを履いたままでいるし、彼はシャツがはだけて、ズボンを足元にずり下げた状態でいる。二人の姿を見て、ようやく私は笑うことができた。

「そうだね、私たち、何してるんだろうね」

昨日のことを思い出せば思い出すほど、目の前にいる平成くんが愛おしくなる。同時に、何度でも「ごめんね」と告げてしまいそうになる。

だけど、いくらなんでもそれは卑怯だ。私はただ笑いながらスティーブンアランのブーツを脱ぎ、彼の膝下まである黒い靴下と、プラダの革靴を脱がせる。彼が一日履いた靴からはブルーチーズのような臭いがした。

「平成くんの足も臭くなるんだね」

そういうと、彼は心底恥ずかしそうな顔をした。今度はさすがに言っていいよね。

「ごめんね」

*

「はい、土曜日の12時ですね。助かります」

彼が電話口で話している。ぼんやりと目を開けると、大きな窓からは、抜けるような快晴の空が見えた。

もう朝ではないらしい。

何とか起き上がり、枕元の時計を見ると午前11時を回っていた。頭が痛くて、胸もむかむかする。ぼんやりとした頭で今日の予定を思い出そうとする。

「ねえグーグル、今日の予定は？」

「13時半から母親とランチ、17時から東宝で元気くんと打ち合わせ、19時からSHOWROOMの前田くんと会食です」

グーグルホームの代わりに、私のグーグルカレンダーを見ながら平成くんが答えた。

そうだ、ここは自宅ではなくホテルの部屋だ。

違いは明らかなはずなのに、まだ酔いがさめていなかったらしい。あらためて平成くんのほうを見ると、彼はアンダーカバーのスウェットに、ワークマンのウォームパンツというラフな格好に着替えていた。

「一度、家に帰ってたんだ。汚い服は愛ちゃんも嫌だろうから」

そういいながら、ヘパリーゼとドールのグレープフルーツジュースを出してくれた。

「お母さんと会うまでまだ時間があるから寝てれば？　レイトチェックアウトの手続

きはしておくから。もちろんミライの餌やりはまかせて」

彼はいつも、二度目以降のことに関しては、つつがなくこなすことができる。私が彼の前で泥酔したり、二日酔いで苦しむのは一度や二度ではない。そのたびに対処法を学習し、私に対する最適解を提供してくれるようになった。

彼に感謝しながら、グレープフルーツジュースを飲む。

「誰と電話してたの？」

「文藝春秋の編集者。安楽死について取材をしたいと伝えたら、ちょうど彼の親戚が今度の土曜日に安楽葬をするんだって。だから見学に行かせてもらうことにした。もちろん、僕自身が安楽死を考えていることは言っていないよ」

「ねえ平成くん、私の土曜日の予定は？」

「13時に松屋銀座の書道展訪問、15時にトランクホテルで石田さん結婚パーティー、19時にイルブリオで宮澤さん誕生日会です」

全て瀬戸プロの付き合いで行くことになっていた予定だ。仮病をつかえば、キャンセルしたところで特に問題はないだろう。どちらも大人数を呼んでいるはずだ。石田さんと宮澤さんには、あとからプレゼントを贈っておけばいい。

「平成くん、その取材、私も付いて行っていいかな」

「一応聞いてみるけど、どうして？」

「きちんと検算をしてあげようと思ってるんだよ」

彼はすぐに編集者に電話してくれた。

平成くんが私のことを何と紹介するのか聞き耳を立てていると、「瀬戸プロの瀬戸愛さん」という一番通りのいい固有名詞を使っていた。父は文藝春秋では仕事をしていないはずだが、編集者なら「瀬戸プロ」の名前くらいは知っているだろう。そのためかは知らないが、私も土曜日の取材に同行できることになった。

しかし彼も私も「取材」という言葉を使っているが、ほとんど見ず知らずの他人の死に立ち会うことになるわけだ。

私が死を直接経験したのは、父の一度だけである。

父は病室でも漫画を描き続ける闘病生活を半年にわたり続けた後、体調が急変した。公式にはペンを握りしめたまま意識不明になったということになっているが、実際は、死ぬ前の数日間にわたり、もがき苦しんだ。

当時は今ほど緩和ケアの技術も発達していなかったのだろう。あるいは病院の方針だったのかも知れない。父は何度も「痛い」と絶叫しながら、ヘッドボードや介助バーに身体を打ち付けて、のた打ち回っていた。

母や看護師は父の身体を撫でるのだが、「そうじゃない」と泣きながら怒鳴り散らす。穏やかな性格の父だったから、そのような怒声を聞くのは初めてのことだった。

父の最後の言葉は「お願いだから殺してくれ」である。

それが私の唯一知っている、身近な人間の死だ。まだ小学生ながら、このように誰かを見送るのはもう二度とごめんだと思った。

実際の安楽死の現場に居合わせるのは、もちろん初めての経験だ。

テレビや雑誌で、安楽死の特集が組まれることは増えたが、さすがに臨終の瞬間までは撮影しない。つい一昨日、TOKYO MXが死を決意した評論家のドキュメンタリーを放送して話題になっていたが、さすがに最期の現場までは放映されなかったはずだ。

思い立って検索してみると、臨終の瞬間をPeriscopeで中継したり、動画をYouTubeやTikTokにアップロードしている人は、それなりの数がいるようだった。それが安易な安楽死を誘発するのではないかと議論になっているらしい。私はサムネイルだけを確認して、さすがに動画までを観ようとは思わなかった。どうせ土曜日に、生で安楽死の瞬間を目撃できるのだ。

それが穏やかな空間だといいと願う一方で、それでは平成くんがますます安楽死に傾倒してしまうのではないかという、二つの感情が整理されないまま頭の中をぐるぐるしている。

「平成くんの今日の予定は？」

「15時から新潮社で打ち合わせがあって、その後は木下さんと会食だよ」

「じゃあ、お母さんとのランチ、平成くんも来ない？」

私は、母に平成くんのことをまだきちんと紹介したことがない。マンションの契約時に彼と同棲することは伝えたが、母はそれ以上興味を示さなかった。『ブブニャニャ』の脚本を書いた時に挨拶くらいはしているはずだが、それほど親密な関係ではないはずだ。直感的に二人の相性はよくないだろうと思って、私からも特に会う機会を設けてこなかった。

「どうしたの、急に」

「うん、なんとなくね」

うまく言葉にはできなかったが、私はおそらく母に、平成くんの状態を見極めて欲しかったのだと思う。

私には彼が精神的におかしくなって死を望んでいるようには到底見えない。しかしそれは、彼と長い時間を共に過ごしすぎたせいだとも感じる。

人間は一緒に過ごす時間が長くなったからといって、細かな変化に気づけるわけではない。むしろ様々な相手の表情を知ってしまい、多少の変化には無関心になることがある。だから、平成くんと距離を置いてきた母ならではの客観的な目線を借りたいと思ったのだ。

彼は気が進まない素振りこそ見せたが固辞まではしなかったので、母のもとへ連れて行くことにした。一度アンダーズをチェックアウトした後、家に戻り、ミライに餌をあげて、服を着替える。母に指定されたのは六本木ヒルズクラブだった。

平成くんはジャケットを着ようか迷っていたが、そこまでフォーマルな雰囲気を出して欲しくなかったので、クローゼットからニールバレットのシャツを選んで差し出す。本当はスウェットのままでも良かったのだが、ヒルズクラブには男性の服は襟付き必須というドレスコードがあったはずだ。

森タワーの車寄せBでUberを降りて、ライブラリーとクラブ専用のエレベーターに乗り込み51階のボタンを押す。

3年前に東京會舘《かいかん》が営業を休止してから、母はヒルズクラブを使うことが増えた。とても母のセンスとは思えないから、誰か男ができたのだと推察するが、何となく気が進まずに聞けていない。

エレベーターフロアで待ち構えていたスタッフに母の名を告げると、スターアニスの個室に通される。母はまだ来ていなかったので、とりあえずポットでプーアル茶だけを頼むことにした。

「一緒に住んでる女の子の親に会う時って、やっぱり平成くんでも緊張するもの？」

「ビッグコンテンツの著作権者という意味では気を遣うよ」

「そういうことじゃなくて」と言いかけた時に母が来た。

全身にバラがプリントされたグッチのワンピースが、絶望的に似合っていない。特別に処方されたスーグラを飲んで痩せたと自慢していたはずだが、もう服薬を止めてしまったのだろうか。

母は平成くんの姿を認めるなり、大げさな笑顔を振りまき、握手を求めた。

「久しぶりね。会えて嬉しいわ」

平成くんも立ち上がり、満面の笑みで母の手を握る。

「ご無沙汰しています。先月の『朝日新聞』に載っていたインタビュー、とても面白かったです。声優交代に対する瀬戸プロとしての意見が聞けて良かったです」

彼は新聞を購読していない。おそらく六本木に来るまでの間に、聞蔵やヨミダス歴史館などのデータベースで母の名前を検索していたのだろう。

その後も、母と平成くんの会話は、まるで「ボクらの時代」の収録のように、つつがなく進んだ。

どこかにカメラがあるのではないかと疑うくらい、お互いに一切の隙を見せない。笑うべきところで笑い、少しでも間が発生しそうになると、どちらかが新しい話題を投げかける。

「平成くんが手がけた映画」「ブブニャニャの人気が続く理由」「現在、関心があること」など、まるで台本があるかのように、話すべきトピックスが消化されていった。

二人で申し合わせたように、私と平成くんの関係には一切触れてこない。そしてもちろん、安楽死を考えていることについても。

デザートの甘点心が運ばれてきたタイミングで、平成くんが次の仕事へ向かうために中座することになった。母は笑って彼を送り出す。

彼が個室の扉を閉め、スターアニスからも出たのを確認してから、母は笑顔をさっと消し、険《けわ》しい顔になった。

「右上4番、左上4番がなかったわね。あと多分、右上5番も。彼、大丈夫なの?」

*

土曜日はあっという間に来てしまった。

平成くんはブラックスーツと黒いネクタイに身を包んでいる。

「そうか、喪服なんだね」

「安楽死にも色々なスタイルがあるけど、今日は葬儀と一緒になったセレモニー型だからね。場所も火葬場併設の斎場だから、そのまま火葬しちゃえるみたいだよ。合理的だよね」

しばらく着ていなかった喪服をクローゼットの中から引っ張り出しながら、彼の話に耳を傾ける。死を火葬場で迎えるというのは何とも現代的だと思ったが、安楽死以外でも、直葬《ちょくそう》というスタイルが流行しているのだという。

産地直送と語感が似ていて笑ってしまうが、要は病院で亡くなった場合、その人をそのまま火葬場に運んでしまうのだ。

通常は墓地埋葬法3条の規定で死後24時間は火葬が禁じられているので、安置の時間は必要だが、通夜や告別式を省き、タイミングが整えばすぐに火葬してしまう。火葬前に身内だけの簡単な式を行うこともあるが、予算は10万円台に抑えられる。

無宗教であったり、煩《わずら》わしいことが嫌いな人であれば、それで十分だと思った。合理主義者の彼は、もしかしたら直葬にシンパシーを感じているのかも知れない。

「愛ちゃん、横浜だからもうすぐ出ないと」

彼にせかされて玄関に向かう。そういえば、平成くんが誰かの葬儀に参列したのを見たことがない。「生きているうちに会わないと意味がない」と言って高齢の知人のお見舞いにはよく顔を出しているが、葬式には全く関心がなかったはずだ。

「平成くんも喪服なんて持ってたんだね」

「いつも着てるブラックスーツでもいいと思ったんだけど、こんな機会が増えると思ったから買ったんだよ」

スーツの胸元をめくるとポールスミスのタグが見えた。

長時間着ても皺になりにくいトラベルスーツだという。彼が10万円以下のセットアップを買うのは珍しい。靴もいつものプラダやジョンロブではなく、アシックスの走れるビジネスシューズを履いていた。政治家の間で流行しているモデルらしい。

平成くんのこうやって形から入るところは嫌いではないが、これから日本中の安楽死を見て回る気でいるのだろうか。できるだけ彼の「取材」には同伴したかったが、途中で私の心が折れてしまうかも知れない。

Uberで横浜に向かう道中、私たちはそれぞれの仕事をしていた。

彼はSurfaceで原稿を書き、私はたまっていた着信履歴を消化する。二人にとってはいつもの光景だ。新幹線で京都に行くときも、飛行機でロンドンまで飛ぶときも、私たちは移動時間にそれぞれの仕事をこなす。

私はその時間が嫌いではなかった。いかにも「できるカップル」という雰囲気が気に入っていたし、何より手を伸ばせば彼がいるという安心感があった。

瀬戸プロでは、私の独断で決める必要のある仕事が増えていたが、そのようなときほど誰かの存在がありがたいと思うことはない。決断はいつだって孤独だ。そしてそれは、結果的に誰かを傷つけてしまうことになるかも知れない。

だけど、隣に彼がいることで、誰かに嫌われることを私は厭《いと》わなくなった。

東名高速を降りてしばらく走ったところに、横浜エンディングサイトはある。宿泊施設もある斎場で、外観は軽井沢の結婚式場にも、箱根の美術館のようにも見えた。15のセレモニーホールがあり、火葬炉も計8台を完備しているという。

編集者に指定された風のタワー前でＵｂｅｒを降りると、電光掲示板に「荻野目和子さん　お別れの会」という表示が見えた。

平成くんが電話をすると、すぐに喪服を着た男性が迎えに来てくれる。まだ若いのだろうが、ＱＢハウスで切ったような短髪に、金属製の眼鏡という、いかにもうだつの上がらない容貌だ。私がいつも出会う漫画編集者とは雰囲気が違うので戸惑ったが、とりあえず会釈をする。

どういうわけか、編集者はえらく恐縮しているようだった。平成くんが他人の安楽葬を取材させてもらっている立場のはずなのに、どうもおかしい。

しかしその理由はじきにわかった。植村さんと名乗るその編集者は、やんわりと葬儀に参列するのは遠慮して欲しいと伝えてきたのだ。

植村さんは、平成くんから電話をもらい、叔母にあたる親戚の安楽葬が近々執り行われることを思い出したという。通常の葬儀と違い、本人が希望した安楽葬なのだから、取材者が同行することは問題ないと考えた。しかも平成くんという多少は名の知れた人物である。

今日死ぬ予定になっている和子さん本人に確認の電話をすると、何も問題はないということだった。むしろ、自分の死が何かの役に立つのなら嬉しいと取材を歓迎する素振りだったらしい。

しかし、いざ葬儀当日になると、親戚たちが強烈に反対し始めた。

「わざわざお越しいただいたのにすみません。まさか親戚がこんなに激しく反対するなんて意外でした。斎場には事情を話したので、別室で葬儀の模様を見学して頂いたり、スタッフに話を聞くことは問題ないそうです。叔母本人には承諾を得ています」

うだつが上がらないのは見た目だけで、植村さんはきちんと取材の段取りはつけられる人物のようだ。

私たちは斎場のスタッフに案内され応接室に通された。部屋にはモニターが設置されていて、「お別れの会」の様子が中継されているという。本人の許可は得ているといっても、このような形で会を見たことは内密にして欲しいとのことだった。

「お別れの会」は、私の想像とは違っていた。思っていたよりも、ずっと質素なのだ。葬儀であれば棺桶《かんおけ》が置かれる場所には粗末な台が置かれている。

あの台で、今日の主役である荻野目さんは死ぬことになるのだろうか。子どもの頃、「世界まる見え！ テレビ特捜部」で観たアメリカの薬物死刑の様子を思い出す。

会場には、30人ほどが集まっていた。喪服と平服が半々ほどだ。まだ今日の主役である荻野目さんは、会場にいないようだった。

参列者たちは、パイプ椅子に座って、スマートフォンをいじったり、隣同士で話したりで、あまり緊張感はない。数分後、ショパンの「別れの曲」が流れ、司会らしき女性が話し始めた。

「みなさま、本日はお集まり頂きありがとうございます。これより荻野目和子さんのお別れの会を開会いたします。本日の主役である和子さんの入場です。どうか皆様、拍手でお迎えください」

参列者たちのまばらな拍手の中、会場前方の扉から、荻野目さんが現れた。

黒い着物を身にまとい、髪型を含めてきれいにメイクアップされている。しかし、どこか浮かない表情だ。

今から死のうとしている人が浮かれた表情をしているとは思わなかったが、ここまで虚《うつ》ろな顔をしているとは想像外だった。

まだ70代だろうか。足取りはしっかりしていて、とても重病の患者には見えない。司会者に促されて荻野目さんは挨拶を始めた。

「本日は私、荻野目和子のお別れの会に参列いただきましてありがとうございます。この世に全く未練がないといえば嘘になりますが、みなさまから愛されているうちに逝こうと、安楽死を決意いたしました。私の死後に関しては、今日も会場にいらっしゃる軍地さんに一任しております。今日まで本当にありがとうございました」

消え入りそうなか細い声だった。何か精神的な疾患が原因で、荻野目さんは死を選ぶことになったのだろうか。

今日もこの会場では、二人の医師に加えて、カウンセラーが待機している。そのうちの誰か一人でもストップをかければ、セレモニーはすぐさま中止になる。本人が希望しないにもかかわらず、親族の圧力によって安楽死を選ばされるケースが相次いだために制定されたルールだ。

しかし、医師とカウンセラーはぼんやりとした表情で、さしたる興味もなく式に出席しているように見えた。

「今日はみなさま、母である荻野目和子のためにお集まりいただきありがとうございます。まだまだ元気な人間を見送るというのは辛いことではありますが、母の希望を尊重したいと思います。短い時間ですが、母とのお別れをしていただければ幸いでございます」

斎場には不似合いな、派手なメイクをした小太りの女性が、形ばかりの挨拶をした。荻野目さんの娘だというが、一切悲しそうな素振りはない。安楽死について、もう十分に話し合ってきたため、もはや悲しむ時期ではないのか。

「あの人が着てるサテンドレス、シャネルだと思う。お葬式にしては派手だけど、安楽葬だとこれくらい華やかでもいいのかな」

そう私がつぶやくと、彼は手元のｉＰｈｏｎｅで早速、シャネルのウェブサイトでドレスの値段を調べる。41万７９６０円だった。

「へえ、お金はある家なんだ。それなのに随分と質素な式だよね」

シャネルにしては随分と安いと思ったが口に出さなかった。

確かに会場には祭壇もないし、花もまばらに飾られているだけだ。通常の葬儀と違って、主役である本人が式の途中までは生きているため、過剰な装飾は必要ないというコンセプトなのかも知れない。

荻野目さんは、参列者一人一人と短い会話を交わしている。しかしそれも、今生《こんじょう》の別れを惜しむというよりも、非常に形式的で、まるで大きな会議での名刺交換を彷彿させた。泣いている人は誰一人いない。荻野目さんは親族と没交渉だったのだろうか。それならば、家族との安楽葬ではなく、別の形もあり得たのではないか。

そもそも荻野目さんは、どのような理由で安楽死を決意したのだろう。

一通りの挨拶が終わったようで、荻野目さんは粗末な台に横になった。毛布を掛けられ、腕だけを出した状態になる。

二人の医師とカウンセラーが合わせて3回、彼女の意志を確認する。

荻野目さんは目をつぶりながら、どの問いかけにも深くうなずいた。この映像は記録されていて、何かのトラブルになった時に証拠映像として使われるのだという。

医師が器具の準備をしている間に、司会に促されて立派な袈裟《けさ》を着た僧侶が現れた。

参列者に深く一礼した後、用意された椅子に座り、読経を始める。

まだ生きている荻野目さんの前でお経を唱え始めるのは不思議な気もしたが、枕《まくら》経《ぎよう》という言葉があるらしい。臨終を前にした人のために唱えられるお経のことで、死者が仏教徒として無事に往生できるように祈念するのだという。

しかし現在では死後に行われるのが基本で、そもそも省略されることも多い。確かに病室で息を引き取りそうな患者の前にお坊さんを連れてきたら、「縁起でもない」と嫌がられそうだ。日本できちんと枕経があげられるのは、死ぬタイミングがわかっている安楽死と死刑の場合くらいだろう。

荻野目さんの腕に点滴の針が刺された。

このタイミングではまだ薬物は投与されていない。医師がうやうやしく、荻野目さんに黄色いボタンを手渡す。そのボタンを押すと点滴の管が開き、身体に致死薬が回る仕組みだという。

隣を見ると、平成くんは真剣な表情でモニターを凝視していた。私も会場の様子に目線を戻す。

荻野目さんはぎゅっと目をつぶったかと思うと、黄色いボタンを押した。

そのまま眠るように息を引き取るのかと思ったら、いきなり荻野目さんは苦しそうなあえぎ声を出し始めた。アルコールを摂取しすぎたホストが嘔吐《おうと》する前に発するような下品な重低音だ。

まるでその声を隠すように、僧侶による読経は続く。

モニター越しでは細部まで確認できないが、顔も歪んでいるようだった。父の死を思い出して席を立ちたくなるが、我慢してモニターを見続ける。

一瞬、平成くんの手を握ろうとしたが、すぐに手を引っ込めた。気のせいかも知れないが、彼が少し微笑んでいるように見えたからだ。

荻野目さんが静かになったのは、それから数分後だった。

「チオペンタールの代わりに、質の悪いペントバルビタールを使っちゃったのかも知れませんね」

この控え室に案内してくれた斎場のスタッフがやって来て、さも他人事のように解説してくれた。

薬物による安楽死は通常、鎮痛睡眠剤のチオペンタール、呼吸を停止させる筋弛緩《きんしかん》薬《やく》のパンクロニウム、心停止のための塩化カリウムを組み合わせて実施されることが多い。アメリカの死刑執行で長年の使用実績があり、一番安らかに死ぬことができるのだという。

しかし最近の安楽死人気により、チオペンタールが不足気味らしい。そこで、代替品としてペントバルビタールや、ミダゾラムとヒドロモルフォンなど複数の鎮痛剤を混ぜた薬品が使用されるが、調合の割合を間違うと今回のようなことになるようだ。

「こういうことはよくあるんですか？」

「亡くなる方が苦しむことですか。本当にもう人それぞれですね。私たちの斎場で安楽葬を始めてもう5年ほどになるのですが、ご遺族の方にはみなさん満足して頂けていますよ。ほんの数分は苦しむように見えることもありますが、法令は遵守していますし、ご本人様には安らかにお眠り頂けていると信じています」

解説のトーンをやや変えたのは、平成くん経由で何かの記事が書かれる可能性に思い当たったのだろう。

しかし私としては、もっと安楽死の負の部分を説明して欲しかった。さすがに平成くんも、長時間にわたる苦悶の中で死んでいきたくはないはずだ。

「もちろんオフレコにするので教えて頂きたいんですけど、一番苦しまれた方って、どのような様子でしたか」

「2017年のデータによると、安楽死が失敗して、本人が死ねなかったケースが34件。臨終に際して本人が過大な苦痛を感じた可能性のあるケースが72件。これは厚生労働省に届け出のあった分だけの数字だから、本来はもっと失敗例は多いのかも知れない。ちなみに、安楽死が失敗して全身不随になったケースや、死ぬまでに苦痛が45分以上続いたケースも7件報告されている。

厚生労働省は、事故を受けて特別委員会を作ってガイドラインを策定しているけど、去年だけで15万1125人が安楽死を選んでいるんだから、事故をゼロにするのは現実的ではないだろうね」

スタッフの代わりになぜか平成くんが応えた。まるで、自分が一切動じていないことを見せびらかすかのようだ。

しかし彼がむやみやたらにデータを並べるのは、動揺しているか緊張している時である。さっき彼が笑っているように見えたのは、もしかしたら緊張のあまりだったのかも知れない。それに少しだけ安心して、モニターに目線を戻す。

読経が続く中、焼香《しょうこう》が始まっていた。

本当に安楽死と告別式がセットで行われていることに驚く。急に遺族となった参列者は、どのように気持ちの切り替えをするのだろう。うだつの上がらない植村さんも、慣れない手つきで合掌をしている。

その後の式はあっさりとしたものだった。荻野目さんが黄色いボタンを押してから30分後には司会によって「お別れの会」の終了が告げられた。息を引き取った荻野目さんと、医師、斎場スタッフを残して、遺族たちは三々五々控え室に散っていく。

安楽死が合法化されたばかりの頃は、医師の他に、警察と監察医が死体を検分する必要があった。安楽死は自殺幇助《ほうじょ》ではあるが適法という法理論を採用していたためだ。しかし安楽死の急増に伴い、死後の手続きは簡略化され、検証用の動画さえ残しておけば、医師と斎場スタッフのサインだけで問題なくなった。

しかも荻野目さんのように積極的安楽死を選んだ場合は、墓地埋葬法3条の規定から外れるらしい。つまり医師立ち会いの安楽死では、生き返ることを考慮に入れる必要がないという理屈で、死後すぐの火葬や埋葬が容認されているのだ。スタッフによると、荻野目さんもこの後すぐに、荼毘《だび》に付されるという。

スタッフが気を利かせて「火葬の様子も見ていかれますか」と聞いてくれたのだが、

平成くんが何か言おうとする前に「結構です」と応えてしまった。

私自身が見たくないというのもあったが、彼の精神状態が心配になったのだ。

父の葬儀の時に参列してくれた漫画家から聞いた話なので最新の斎場では違うのかも知れないが、火葬される時、遺体はスルメのようにのたうち回ることがあるという。当時はまだ火葬炉は自動化されておらず、係員が炉の裏側にある小窓から、デレッキという長い棒で遺体の位置を整えていた。

まず10分ほどで木製の棺桶が燃え尽きるのだが、剝き出しになった遺体をデレッキで調整しないと、全身を均一に焼けないのだ。頭蓋骨が焼け落ちていく様子、脳みそが燃える様子、皮膚がただれる様子などをきちんと目視して初めて、うまく骨の形を残すことができる。いわゆる中二病だった私は、葬儀に来てくれた漫画家の話を興味津々に聞き、今でもそのことを鮮明に覚えている。

しかし、それを実際に見る勇気は、今の私にはなかった。

帰ろうと席を立った時に、植村さんが部屋に入ってきた。何やら浮かない顔をしている。感想を聞かれて、平成くんは外向きの当たり障りのない返答をしていた。植村さんはため息をついた後、少しだけ迷って今日の式の内情を話してくれた。

「式の前に、親戚のおじさんと話してたんですけど、和子おばさん、本当は死にたくなかったんじゃないかって。この10年くらい、娘とうまくいってなくて、売り言葉に買い言葉で死んでやるって言ったら、さっさと娘が葬儀を手配してしまったそうです。それにおばさん、加齢黄斑変性《かれいおうはんへんせい》で視力が落ちていたのも気にしていたみたい。何かあっても絶対に娘の厄介にはならないって言ってたんですよね。だから本当は財産を使い切るつもりで豪華な葬儀を企画したんだけど、娘と弁護士がぐるになって言いくるめちゃったのではないかと聞きました」

植村さんは、遺族のいる控え室に戻って行った。

横浜エンディングサイトの火葬には2種類あって、21万円のプランは3時間かけて丁寧に焼いてくれるため、骨の形が残りやすいという。荻野目さんは30分で焼き上がる通常コースにしたため、市民割引も適用されて5万円で済むらしい。

もし私が火葬されるなら、できるだけ短時間で焼いて欲しいと思った。「平成くんはじっくりこんがりコースと、超高速コースのどっちがいいの」。とてもそんな冗談を言う気持ちにはなれなかった。

「ねえ平成くん、安楽死、思ってたのと違ったでしょ」

彼は何も応えずに、ぼんやりと窓の外を見ている。

彼が死ぬのを考え直してくれればいいと思いながら、それだけではだめなことに気付かされた。彼が死のうと考えた原因を取り除かない限り、何も問題は解決しないのだ。私に何ができるだろうと思いながら、そっと彼の肩に手を掛けた。

＊

朝起きると、平成くんはいなかった。グーグルカレンダーによると、一泊二日の予定で日中ヤングリーダーサミットに出席するため、上海に行っているらしい。インスタグラムを確認すると、もう虹橋《ホンチャオ》国際空港に到着したようだ。相変わらず重たい前髪で、一目でそれと分かる作り笑いをしている。

ミライがまた餌を残していたので、ササミスティックをあげると、少しだけ口に入れてくれた。

「私も何か食べなきゃね」と独り言を発しながら、大西くんに勧められて買ったバイタミックスに、グレープフルーツとショウガ、アガベシロップを突っ込んで、スムージーを作る。本当はレモンも入れたかったのだが切れていた。忘れないうちに、アマゾンフレッシュでカートに入れる。

インターフォンが鳴ったのでモニターを見ると、ヤマト運輸の配達員のようだった。荷物を受け取り、段ボールを開けると、昨日注文した自殺や安楽死に関する本が大量に梱包されている。何冊かに目を通すものの、参考になる話は少なかった。

たとえばある本では、鬱病や統合失調症、境界性パーソナリティ障害など精神障害を持つ人は自殺率が高いといった形で病気や障害と紐付けられて自殺が語られていた。しかし、そういった状態にある患者は一般的に安楽死が許可されないことが多いので、平成くんには当てはまらないだろう。

またある社会科学の研究書では、貧困や公的教育支出、社会的孤立が自殺率と大きく関係していると指摘した上で、特に雇用の確保と社会関係資本の重要性を主張していた。だが、平成くんにはひっきりなしに仕事が入っているし、毎日のように社交を繰り返している。

辛うじて参考になりそうだったのは、精神科医の書いた『もしも「死にたい」と言われたら』という本だ。

その本によれば、唐突に「死にたい」と訴え、精神障害に罹患《りかん》している兆候もない場合、自殺念慮が過去の心的外傷に起因する場合があるという。過去に受けた身体的暴行や性暴力被害がフラッシュバックして、身体に対して強烈な嫌悪を抱いてしまうらしい。30歳未満の自殺既遂事例を調査したところ、親との離別、不登校、いじめ被害などを経験した若者が多かったという。

確かに平成くんは子どもの頃のことを、あまり語りたがらない。

私が知っているのは、お母さんがすでに死んでいること、お父さんとは長い間音信不通だということだけだ。だから平成くんが、過去に何らかのトラウマを経験していてもおかしくない。

急に一つ思い当たったのは、彼が異様に暗闇を嫌がることだ。

奈良に行った時はただ田舎を嫌悪しているだけかとも思ったが、暗がりではいつも私の手をにぎろうとしてくる。普段からスキンシップが好きな男ならともかく、彼はキスさえも嫌がる人間なのだ。

私の手をにぎるのは、せめてもの愛情表現だと思っていたが、もしかしたら子ども時代、闇に関わる強烈な負の経験をしているのかも知れない。

彼の過去を探れば、唐突に安楽死を望んだ理由も何かわかるのではないか。

フェイスブックを開き、平成くんの「すべての友達」の中から、学生時代の友人を探していく。725人を一人ずつ見ていくと、日比谷高校時代の友人までは何人か発見できたが、小学校や中学校までいくと、同級生らしき「友達」はたった一人しかいなかった。

牛来《ごらい》祐輔くん。聞いたことがない名前だ。

本人の顔写真の代わりに、何やら偉人らしい人物の肖像画が貼ってある。現在は慶應義塾大学の文学研究科後期博士課程で哲学の研究をしているという。

平成くんの友人だから変な人間ではあるかも知れないが、害もないだろうと思ってメッセージを送る。

〈はじめまして。平成くんとお付き合いしている瀬戸愛といいます。彼について聞きたいことがあってメッセージを送りました。お忙しいところ申し訳ありません。返信を頂けると嬉しいです〉

できるだけ事務的な内容にしたつもりだが、送信した後に、文面が浮気の詮索《せんさく》をしているようにしか見えないことに気が付いた。

だけど恥ずかしがる暇もなく、返事はすぐに来た。大学院生というのはそれほど暇なのだろうか。

〈はじめまして。牛来祐輔です。平成とはしばらく会っていませんが、僕の知っていることでしたらお話しできると思います。日中は大抵、三田キャンパスにいますし、都内でしたら自由に動けます〉

さすが平成くんの友だちだけあって、簡潔で理性的な返事だった。しかも、会って話してくれるらしい。

哲学専攻と聞いて、勝手にコミュニケーションが苦手な人物を想像したが杞憂だったようだ。何通かメッセージのやり取りをして、私たちは今日の16時から三田キャンパス南校舎のカフェで会うことになった。

ネットで知り合った男の子とすぐに会うというのは、Ｔｉｎｄｅｒでなら経験したことはある。しかしお互い素性を明かした上で会うのは不思議な気分だった。しかも、相手は平成くんの同級生で、彼自身は海外出張中だ。

何もやましいことはないはずなのに、ほんの少しだけ背徳感がある。

指定された南校舎は、外観こそオフィスビルのようだったが、中に入ると学生が多いせいか、とても雑多な空間に思えた。エレベーターで4階まで行き、カフェを目指す。メッセージを送ると一番奥の窓側のテーブルに座っていると返事が来た。

一瞬、それが牛来くんだとはわからなかった。

面長の顔に、長い前髪がきっちり二つに分けられていて、なぜか黒いマスクをしている。ビジュアル系バンドマンのような見た目だ。

彼は私のほうを見ると、消え入りそうな小声で「牛来です」と自己紹介をした。

極度の人見知りなのかとも思ったが、そうならば実際に会うことを提案してこないはずだ。人との距離の取り方が独特なのだろう。だから私も遠慮せずに、いきなり話し始めた。

「単刀直入に言いますね。実は彼、安楽死を考えているって言い始めたんです。理由を聞いたんだけど、自分の時代は終わったとか、最高のタイミングで死にたいとか、納得できないことばかり。もしかしたら彼の過去に何か原因があるのかと思って、今日は話を聞きに来たんです」

彼は私の話を聞いている間も、上を向いたり、鼻をかいたり、手元のレッツノートを叩いたり、とにかく落ち着きがない。

だけど私が話し終わった瞬間に、手元のパソコンのスクリーンを見せてきた。「或《ある》旧友へ送る手記」とある。

「瀬戸さんの話を聞いて、芥川龍之介を思い出しました。彼はこの手記で自殺者自身の心理をありのままに書くと宣言しながら、死に方や死に場所の記述ばかりで、自殺理由の核心には何も触れていないんです。代わりに芥川は、生きることの無意味さについては再三述べています。平成も同じじゃないんですか」

牛来くんは、平成くんをヒトナリと呼んだ。

彼の声はとても小さくて、そして穏やかだった。見た目は若いバンドマンそのものなのに、話しぶりは死期の近い老成した哲学者のようだ。

「生きることが無意味だからといって、人は死にますか」

「ちょっとのきっかけで、人はあっさりと死にますよ。哲学を勉強している人間がいうのは憚《はばか》られますが、人文学は自殺に過剰な意味を見出しがちです。実際、世をはかなんで死ぬ人よりも、腰が痛くて自殺する人のほうが多いんじゃないですか」

牛来くんはデュルケムの『自殺論』から始まる自殺についての講義を始めようとしたが、彼に聞きたかったのはそんなことではない。

「平成くんの子ども時代のことを教えてくれませんか」

「たぶん期待に添える話はできないと思います。瀬戸さんは、平成の希死念慮《きしねんりょ》の理由を幼少期のトラウマに求めようとしている。だけど僕の知る限り、彼は決して不幸ではなかった。ご存じでしょうが、彼は親戚の家で育てられました。

しかしその家は教育熱心で、平成を実の子のように可愛がった。少なくとも僕からはそう見えました。学校で彼はいつも本を読んでいました。

僕たちは読書仲間だったんです。わかりもしない『善の研究』や『方法序説』を読んで、勝手な感想を言い合っていました。僕たちはもしかしたらお互いにとって唯一の友人で、学級の中では孤立していたかも知れませんが、何も不満なんてなかった。いじめられてもいませんでしたね」

見たこともないはずの光景が頭の中でたやすく浮かんだ。

放課後の教室で、平成くんと牛来くんは、人生で初めて会えただろう「話の通じる人」に向かって、議論を戦わせ続ける。私とは何か。自我とは何か。世界とは何か。

私は数十分前に初めて会った牛来くんのことを、古くから知る友人のように感じ始めていた。

「ねえ牛来さん、よければ平成くんに会ってくれませんか。そして、死ぬのを思い直すように説得してくれませんか」

彼はおもむろに黒いマスクを外すと、ポケットからアロマスティックを取り出した。それをリップ代わりに唇に塗ると、舌でそれを舐める。

私の鼻も檜《ひのき》の香りをわずかに感じた。

そしてそのまま、30秒ほど私を見つめ続けた。

視線を逸らすわけにもいかず、マスクをとった彼の顔を見つめる。しかしどうしても集中できずに、このカフェの喧噪《けんそう》がやたら耳に入ってきた。今日の5限さぼっていいよね。経済原論のレジュメ貸してもらえる？　8年越しの花嫁で泣いちゃった。レジが9時から入ってるんだよね。アンナチュラルの主題歌って誰が歌ってたっけ。

「僕ではお役に立てないと思いますよ」

牛来くんは喧噪をシャットアウトするように、毅然と話し始めた。

「人気者になってからの平成のことはわからないけど、もしも彼が昔と変わっていないなら、ああ見えて彼は直感と五感に左右される人間です。給食の時は好き嫌いが多くて先生を困らせていたし、教室で飼っていたカイコにはどうしても触れなかったし、遠足の時のバスは窓側じゃないと機嫌が悪かったし」

平成くんが無理やりピーマンとエリンギを飲み込んだ姿を思い出して、少しにやついてしまった。

「形而上学的に世界を把握しようとして失敗している僕と違って、彼はきちんと現実世界に生きている。だから、もしも彼が死を考え直すとしても、僕のような旧友の説得ではあり得ないでしょうね」

牛来くんには面倒なことを断ろうという意図はなさそうだった。ただ真摯に考えた結果、自分には出番がないと言っているのだ。そうあっさりと納得してしまった。

「僕自身、死ぬことの何が悪いのか全くわからないんです。それに平成が死んでも、彼が残した本との対話はいつまでもできるし、頭の中で想像上の彼と何時間だって議論ができる。実際僕が日々話し相手にしているのは、何百年も前に死んだ哲学者ばかりですからね」

彼の言葉を聞きながら、スクリーンの文字を追うと芥川の「僕は他人よりも見、愛し、且又理解した」という一文が見えた。「理解」したから、彼は死を選んだというのだろうか。

芥川が命を絶ったのは、昭和という新しい時代が始まって半年あまり経った夏の日だったという。

＊

東京の空は、朝からはっきりとしない色の雲に覆われていた。

花曇り。この季節の曇天をそう呼ぶのだと知ったのは俵万智のエッセイだった。中学生の時に読んだ『国語』の教科書だったと思う。

新しく教科を担当する先生と生徒の顔合わせのような授業用の、短い文章だった。でもまだ桜は咲いていないから、今日の空は花曇りとは呼ばないのだろうか。

「ねえグーグル、今日の天気は？」

「今日の港区の天気は曇り、最高気温は12℃、最低気温は3℃です」

カリタのコーヒーウォーマーに載せてあるデカンタから、ほうじ茶をマグカップに注ぐ。ミライに餌をやろうとして、彼を2日前から佐野動物クリニックに入院させていることを思い出した。

ミライがついに餌をほとんど食べなくなってしまったのだ。かかりつけの病院へ連れて行くと、重い腎不全の可能性があると告げられた。完治するかはわからないが、複合電解質輸液の点滴で回復することがあると言われ、明日までの予定で入院している。

考えたくもないことだが、平成くんとミライを同時に失ってしまったらと思うと、心が寒々とした。

そろそろ起こしに行こうと思っていた平成くんは、10時ぴったりに起きてきた。パジャマの代わりに、去年買ったアミのスウェットと、UGGのフリースパンツ、足元が冷えるらしくてジェラートピケの白い靴下を履いている。

「ねえ愛ちゃん、今日の予定は？」

「12時に君津だから、余裕を持って10時半くらいには家を出ようか」

平成くんは黙ってうなずくと、おもむろに靴下を脱いで、ブラバンシアのゴミ箱に捨てる。ベッドに汚い靴下を履いたまま入ってくることを注意してから、彼は靴下を使い捨てるようになった。

「そういうことじゃない」とたしなめようと思ったが、説明が面倒で好きなようにしてもらっている。彼は、着ていたスウェットも脱いで、リビングのソファに出しっぱなしになっていた白いワイシャツに手を伸ばした。

「ねえ平成くん、今日は喪服じゃなくていいんだよ」

今日の「取材」先は、私が見つけてきた場所だ。

中国のテンペストが出資し、ナコヒなどの日本企業もコンテンツ提供という形で参画している君津ファンタジーキャッスルである。

一見すると遊園地のような名前だが、れっきとした安楽死のための施設だ。一般への情報解禁はまだ先だが、何事にも目敏《めざと》い元気くんから、ファンタジーキャッスルに関する噂を聞いた。

彼は最近中国との仕事を増やしているが、テンペストの幹部から新しいエンターテインメント型安楽死施設が完成間近だと招待を受けたらしい。

「俺はグロテスクでだめだったよ。あれはねえや」と言っていたので、私は即座に平成くんをファンタジーキャッスルへ連れて行こうと決めた。

荻野目さんの安楽葬に動じたように見えたということは、「取材」によって彼の安楽死に対する気持ちが変わる可能性は十分にあり得るはずだ。

「愛ちゃん、ミライは大丈夫かな」

「昨日の夕方、病院に行った時はすやすや寝てたよ。今日もファンタジーキャッスルの取材が終わったらお見舞いに行くつもり」

「僕も行っていいかな」

「もちろんだよ。ミライ、平成くんのことが大好きでしょ」

Ｕｂｅｒで頼んだレクサスは、芝公園から首都高に入り、羽田空港と川崎を経由して、東京湾アクアラインを快走する。両側が白いタイルのようになったトンネルを、定期的に明るいライトが通り過ぎていく。フジテレビに行くときにいつも通る海底トンネルに比べて随分と明るい気がした。

「ねえ平成くん、この前の荻野目さんの安楽葬あったじゃん。きちんと火葬されるところまで見たかった？」

「たぶん、あれでよかったんじゃないかな。正直に言うと、愛ちゃんが断ってくれて安心した。僕は何でも自分で見ないと気が済まない性格だけど、この前はちょっと落ち込んでたんだ。あんな家族の圧力で死んでいくみたいな事例もあるのかってね。

安楽死反対派の言説を読んでいれば、そういった事例もあり得ることは想定内だったけど、あそこまで露骨なことが2018年にもなって行われているとは思わなかったよ」

安楽葬を見学してからの平成くんは少し元気がない。テレビで発言をする時も、家にいる時も、どこか自信がないように感じられた。

そのことに私以外のどれだけの人が気付いているかはわからないが、語尾を曖昧にすることが増えたと思う。これで平成くんが安楽死をあきらめてくれるといいと期待すると同時に、わかりやすく元気をなくした彼を心配もしていた。

だから、自ら弱音を吐いてくれたことに安心する。

「男の人は燃やされる時、火が入るとすぐにあそこが勃起するんだって。それで、そこから焼けて形がなくなっていくの。おっぱいの大きい女の人は、表皮がずるっと一気に剝けるんだって」

「じゃあ、愛ちゃんは大丈夫だね」

そう言って平成くんは、私の胸に軽く触れた。

もしも私たちが普通のカップルだったら、こんなふざけ合いはありふれた光景だっただろう。Uberの運転手も何も見ていないふりをしてくれている。だけど、私にとっては、初めて見る平成くんの姿だった。

「もう、やめてよ」と言いながらほっぺたを膨らませて見せたが、本当は嬉しくてたまらなかった。こんな「普通の恋人」のようなことが彼とできるなんて。

女は不安な時に不倫をする生き物だと思うが、男は不安な時、もともと隣にいた女を大切にしようとするのかも知れない。

もしかしたら私たちは、ようやくこれから「普通の恋人」になれるのだろうか。そう思いながら平成くんの手を握った瞬間に、レクサスはトンネルを抜けた。

夕張市に続いて財政再生団体に指定される可能性も噂された千葉県君津市では、市の命運を賭けて、ファンタジーキャッスルを誘致したらしい。木更津《きさらづ》金田《かねだ》インターチエンジを降り、レクサスが国道を走り始めた頃、私の電話が鳴った。

動物病院からだ。嫌な予感がして、祈るような気持ちで応答ボタンを押す。

最悪の予想だけは外れた。

獣医によると、ミライの容体が急変したのだという。すぐに命が危ないかはわからないが、念のために連絡をしたとのことだった。私のただならぬ様子に気付いたのか、平成くんが手を握ってくれる。そしてＵｂｅｒのアプリに新宿の佐野動物クリニックの住所を入力しようとした。

「運転手さん、目的地を変えます。一度止まってくれますか」

「大丈夫だよ、平成くん。病院は私だけで行ってくる。君はファンタジーキャッスルの取材に行ってきなよ。無理を言ってねじ込んだんだから」

一瞬、ミライの死に立ち会えば、彼が安楽死を考え直すかも知れないという、ひどく冷静な想像が心をよぎる。だけど、万が一のことがあってもミライを何かに利用したくないという思いが勝って、病院には私一人で行くことにした。

彼も10秒ほど悩むそぶりを見せたが、比較的あっさりと了承してくれた。

「わかったよ」

そう言って彼はその場でレクサスを降りる。この場所にタクシーを呼ぶから、私はこのままＵｂｅｒで病院まで行って欲しいとのことだった。曇り空のせいかも知れないが、平成くんが今にも泣きそうな顔をしているように見える。

ミライという名前は、まだ生きていた父がつけた。

「この子は、21世紀を生きていくんだから」と、まるで本当の息子ができたかのような命名理由だった。あれだけ未来を舞台にした作品を描いてきた父は、自分が21世紀を迎えられないことを何となく悟っていたのかも知れない。

父が死んでから、仕事が一気に忙しくなった母は、家を留守にすることが増えた。一人っ子だった私にとって、ミライは一番身近な家族になった。そして、平成くんと暮らし始めてから、ミライは私たちにとって、子どものような存在になった。

動物クリニックへ着くと、一目散にミライのもとへ駆けつけた。ケージの中で、苦しそうに呼吸をしていたが、私の姿に気付くと、よろめきながら寄ってきてくれる。

父の時代からお世話になっている獣医が言うには、皮下《ひか》点滴に切り替えて家で面倒を見てもいいのではないかという。きちんとした措置をとれば、病気の進行は遅らせられるし、身体への負担も和らげられるらしい。言外に家で看取ることを勧めてくれたのだろう。

私は提案通り、ミライを連れて家に帰ることにした。皮下点滴とは文字通り、輸液バッグから延びた管に針を取り付け、猫の体内に薬を入れる治療法だ。

獣医の実演を見せてもらい、私も手順に従って練習をしてみる。しかし実際にミライに針を刺す段になって、嗚咽《おえつ》を漏らしてしまう。ミライは大人しく座ってくれているのに、指先がどうしても震えてしまってうまく針が体内に入らないのだ。

覚悟を決めて、アルコール消毒をした肩甲骨《けんこうこつ》の下を目指して、言われた通り斜め45度に針を刺す。ミライの皮膚は想像以上に堅く、ごりっという感触がした。

こんなことを一日に何回もするのかと思うと気分が滅入ったが、ミライとは一秒でも長く一緒にいてあげたい。一週間分の輸液と点滴キットをもらって、家に戻った。

リビングでペットキャリーの扉を開けると、ミライはゆっくりとした動作ながらも、きちんと自分のベッドまで歩いて行った。点滴の効果なのか、入院前よりは多少元気になった気もする。

昔の猫は死期を悟ると飼い主の前から姿を消したというが、ずっと屋内で飼ってきたミライに、家の外へ行くという発想はないはずだ。彼はベッドまでたどり着くと、なぜかクッションの上ではなく、その脇の床の上でごろんと身体を横たえる。

今日はファンタジーキャッスルの見学があるからと終日、何の予定も入れていなかった。部屋からMａcＢｏｏｋを持ってきて、リビングで事務作業をすることにする。

今頃、平成くんはどれだけグロテスクな光景を見ているのだろう。

元気くんと同じように落ち込んでくれているのだろうか。キーボードに手を置くものの、平成くんやミライのことが気になって、少しも仕事がはかどらない。やたら喉が渇いて、水ばかりを飲んでしまう。冷蔵庫に3本目のクリスタルガイザーを取りに行ったタイミングで平成くんが家に戻ってきた。

「君津市、Uberはもちろん、全国タクシーも使えなくて大変だったよ」

平成くんは、部屋に入るなり、着ていたオフホワイトのコートを床に放り投げる。もっと落ち込んだ表情をしているかと思ったら、意外と元気そうだった。ファンタジーキャッスルでもらったという大量の資料と、テンペストが関わった作品のBlu-rayの入った袋を手にしている。彼はその袋を乱暴にテーブルの上に置くと、ミライのもとへ駆けていった。

ミライも平成くんに気付いたようで、立ち上がり彼の足元に顔をこすりつける。

「退院できたんだね」

「病院にいても、それほど良くならないみたいだから。私が点滴をしてあげなくちゃいけないんだよね。一日に2回」

平成くんはしゃがみ込んで、ミライのことを抱きしめる。ミライは嬉しかったのか、平成くんの顔を舐める。一瞬驚いたようだが、ミライが好きなようにさせていた。少なくとも、私が顔を舐めた時ほどの抵抗は見せていない。

「愛ちゃん、ファンタジーキャッスルは素晴らしい場所だったよ。死とエンターテインメントはこんな風に融合できるんだって目が覚める思いだった。童話の世界の中に登場するようなお城の中で、友達や家族に見送られながら、パーティーを開くように死んでいけるんだ。この前の安楽葬とは全然違ったよ」

平成くんはフローリングの床に座り込んで、膝の上にミライを乗せた。ミライも嫌がらずに、嬉しそうに身体を丸める。彼はミライの背中を優しく撫でながら、ファンタジーキャッスルのことを楽しそうに話し続けた。

「受付を済ませると全面に8Kモニターがはめ込まれた巨大なパーティースペースに案内されるんだ。雰囲気は六本木のparty onにそっくりだったよ。

そこで最後のお別れを済ませたら、天井の高い回廊を歩いて行く。CGで再現された夜空に、思い出の写真や映像を流してもらえるんだ。ここはお台場のチームラボボーダレスとか、長崎のアイランドルミナみたいな感じ。

回廊を抜けると、そこには巨大な川が流れていた。

CGと組み合わせているんだろうけど、さすが中国資本だよね。そこで流線型のポッド型の船に乗って、VRゴーグルをかぶる。お金を積まれた有名クリエーターの傑作映像を見ているうちに液体窒素が充満してきて、気持ちよく死んでいけるんだって。もうほとんどSFの世界だよね」

平成くんは饒舌《じょうぜつ》だった。

元気くんが言っていた「グロテスク」というのは、ファンタジーキャッスルがあまりにも魅力的な場所だったという意味だったのだろうか。

「そのまま川の向こうに行きたくなった？」

「ううん。だって今日起きたことを愛ちゃんに伝えたかったし、ミライにも会っておきたかったから」

彼は愛おしそうな顔でミライを見つめる。うっかりミライに嫉妬《しっと》しそうになってしまうくらい柔和な表情だった。

ちょうど17時になったのだろう。モーニンプラスが遮光カーテンを開け、西日が部屋に差し込む。

「そろそろ点滴の時間だ。一人でするのは初めてだから上手にできるかわからないけど、ミライを押さえててくれない？」

「僕が代わりにしようか。愛ちゃんよりは器用だと思うよ」

平成くんは皮下点滴の方法を手元のｉＰｈｏｎｅで検索すると、手際よく輸液バッグをセットして、専用のフックに吊す。

ミライの背中を押さえると、作ったばかりの酒精綿《しゅせいめん》で消毒をして、あっという間に背中に針を刺してしまった。

輸液時間はおよそ10分弱と聞いていたが、ミライはずっと平成くんの腕にくるまれて大人しくしている。

「意外と上手でしょ。死のうと思って、注射の練習をしたことがあるからね」

「日本って、家で安楽死ができるキットまで売ってるの？」

「もちろん冗談だよ」

乾いた笑い声がリビングに響く。

死にそうな猫と、死のうとしている男と、彼らを心配する女。

どう考えても私が一番まともなはずなのに、ふと心許《こころもと》なくなる。

「ファンタジーキャッスル、そんなすごい施設だったらすごく高いんでしょ」

「安楽死を見守るゲストは、記念Ｂｌｕ－ｒａｙとか、特典に応じて入場料を払うんだけど、安楽死をする本人は無料なんだって。そんなのでやっていけるのか心配になったけど、まもなく改正される臓器移植法を見越してのことらしい。

法改正が実現すれば、安楽死した人の臓器を、原則として第三者に移植できるようになる。国内の臓器提供を待つ人の要請に応えることはもちろん、国はインバウンド需要も視野に入れているみたいだね。医療ツーリズムの一環として、日本での移植手術を増やしたいんだと思う。こうなれば、臓器が金銭で売買されるのも時間の問題だ。ファンタジーキャッスルはそう見込んでいるんだろうね。

しかもテンペストは日本で続々と映像作品やスマホゲームをリリースしてるでしょ。実は隠れテーマが、全部生まれ変わりなんだって。要はヤクザみたいなことをしたいんだよ。ゲームやアニメで目一杯課金させて、それを臓器売買でチャラにする。まるで『ソイレント・グリーン』の現代版だよね」

平成くんが早口で臓器売買について語っているうちに、輸液バッグが空になっていた。消毒綿を当てながら、針を抜く。再び使う輸液セットと医療廃棄物を分けるところまで、平成くんの手際は完璧だった。

ミライは床に転がって、私たちの様子を眺めている。

「本当にそんなSFみたいなことができるのかな」

「金銭での臓器売買が本当に実現するかどうかだよね。ただもういらなくなった臓器を、必要とする人に受け継いでいくという意味で、とても合理的な発想だと思うよ。少なくとも僕は応援する。愛ちゃんも絶対に見学に行った方がいい。瀬戸プロでも同じような施設を作りなよ。小学館や東宝なら出資してくれるでしょ」

「じゃあそのプロデュースを平成くんがやってくれる?」

平成くんが何やら答えようとした瞬間、急にミライがおかしな呻《うめ》き声を上げた。見ると、呼吸が速くなり、身体も震えている。皮下点滴の手順は適切だったはずだ。急いで獣医に電話をかけると、病院に駆けつけてもできることは限られると告げられた。そして私たちを免責するためか、点滴で体調が悪くなったわけではなく、体力の限界が来ているのだろうと付け加えてくれる。

平成くんは優しくミライを撫でた。

ミライはずっと苦しそうに悶《もだ》えていたが、私たちと目が合うと、一瞬表情を緩めた気がする。その後、ミライの容体は一進一退だった。立ち上がって水を飲もうとしたり、ベッドまで戻って横になったりする。そのたびに平成くんと私は、ミライの手助けをした。

そうこうしているうちに、時刻は夜の1時を回っていた。

「愛ちゃんは先に寝たら？　明日、僕は夜まで予定がないから、ミライのことは見ておくよ」

グーグルカレンダーによれば、明日の私の予定は、父の郷里である鹿児島に開館したミュージアムの記念式典に出席することらしい。

朝6時25分の飛行機で羽田を発ち、東京に戻って来られるのは17時55分だ。もしかしたら帰りの便は早められるかも知れないが、パンフレットには私の名前も記されているはずで、ドタキャンのしにくい仕事だった。

ミライを見ると、小康状態になったようで、平成くんの言葉に甘えて一度シャワーを浴びて、眠ることにする。

5時半に起きてリビングへ行くと、平成くんがミライを抱きかかえたまま眠っていた。ミライも気持ちよさそうに丸くなっている。

もしかしたらこのまま元気になってくれるかも知れない。そんな淡い期待を抱きながら、カシウエアのブランケットを平成くんに掛けてあげる。

羽田空港を発《た》った日本航空は予定よりも早く鹿児島空港に着き、スタッフが手配してくれたハイヤーで市内のミュージアムに着く。

9時からの会議で経営報告を受けている間、平成くんからきちんと皮下点滴をしたというLINEが入っていた。ミライはまだ小康状態を保っているようだ。ミュージアム開館5周年を記念する式典は、『ブブニャニャ』で声優を務めてくれている千秋ちゃんや優くんとのトークショーや、AnotherVisionが監修してくれた謎ときイベントが開催され、大いに盛り上がった。

しかし平成くんからは、11時にミライが元気だというLINEがあったきり、連絡は途絶えていた。

私はずっとミライのことばかりを考えていた。

式典が終わるタイミングで空港へ向かうと、15時40分のソラシドエアに空席があったので、それに飛び乗る。機内でWi-Fiに接続できなくてやきもきしたが、17時過ぎには羽田に着くことができた。

ボーディングブリッジを抜けてすぐに平成くんに電話したものの、応答はない。何度も送っているLINEも一向に既読にならなかった。

空港からタクシーに飛び乗り、急いで自宅へと向かう。

平成くんが電話やLINEに気付かず、必死にミライを介抱している姿が思い浮かんだ。何とか私が部屋に戻るまで元気でいて欲しい。

一方で、ミライはすっかり元気になって、それに安心した平成くんが寝ているだけという楽観的な希望も胸をかすめた。

不安と希望が交互に去来して、少しも気持ちが休まらないまま、タクシーはマンションの車寄せに着く。

こんな時に限って大きなバンが変な場所に駐車していたせいで、ロータリーを大回りしなくてはならなかった。

その上、エレベーターも中々降りて来なくて、とにかくやきもきする。平成くんには相変わらず電話がつながらない。

ようやく来たエレベーターが39階に到着するまで、ミライとの思い出がいくつも頭の中にフラッシュバックしていた。ミライが初めて家に来た日のこと、父の仕事場を荒らした時のこと、仮病で学校を早退した日に一緒に昼寝をしたこと。私の人生の半分以上に、ミライは存在していた。

エレベーターが開くと、ほとんど全速力で内廊下を走り、家を目指す。玄関でカードキーをかざし、ドアを開ける。そしてリビングへと向かう。

だがそこに平成くんとミライの姿はなかった。

朝、平成くんが寝そべっていた位置に、ブランケットと着ていたビズビムのスウェットが無造作に放り出されているだけだ。念のため、バスルームや他の部屋を探してみたものの、彼らの姿は見つからない。

ミライの容体が急変して動物病院へ駆けつけたのだろうか。なぜそれに今まで思い当たらなかったのだろうと後悔しながら佐野動物クリニックに連絡をいれた。しかし平成くんやミライは来ていないし、何の問い合わせもないという。

もしかしたら、ここから車で30分かかるクリニックではなく、近所の動物病院に駆け込んだのだろうか。グーグルマップに出てきた動物病院に手当たり次第電話をかけようとしたその時、玄関の扉が開く音がした。

平成くんだった。マルジェラのスウェットとデニムというラフな出で立ちで、とても穏やかな顔をしていた。

右手には細長い無地の白い紙袋を持っている。

しかしミライの姿はどこにもない。

「ミライは？」

「きちんと持ってきたよ」

彼はそう言いながら、紙袋から白い円柱形の陶器《とうき》を取り出した。

ちょうど水筒のような形だ。

自分でも不思議なほど一瞬で事態を悟り、全身から血の気が引くのがわかった。だけどその醜悪《しゅうあく》な予想が外れることを期待して、もう一度聞いてみる。

「だからミライはどこに行ったの？　どこかの病院で入院してるの？」

平成くんはきょとんとした顔をしている。

そして、半ばあきれた表情で、理解の遅い生徒を相手にした先生のような口ぶりで話し始めた。

「お昼過ぎだったかな。ミライがまた苦しみ始めたんだ。まるで痙攣《けいれん》したように呼吸が速くなって、いくら声をかけても、撫でても、ほとんど反応しなくなった。だからグーグルマップで検索した一番近所の動物病院で安楽死をお願いしたんだ。薬を打ってもらってからは、すぐに呼吸が止まって、穏やかな表情に戻った」

「それでミライはどこに行ったの？」

「死んだ瞬間から、動物は腐敗が進むでしょ。動かすだけで体液が出ちゃうくらいだからね。葬儀社にペット用の炉を積んだワゴン車を出してもらって、さっきまで地下駐車場で火葬していたんだ。そのまま骨も引き取ってもらえたんだけど、そのほうが良かった? 僕、そういうのよくわからないから」

その場にある一番堅いもので平成くんを殴りつけたかったが、まず円柱形の骨壺が目に入って思いとどまる。何が起こったのか完全に理解したはずなのに、感情が状況の理解を拒否する。

だから、確認をするように、今日、ミライに起こったことを、口に出す。

「つまり、平成くんは、ミライがちょっと苦しんだからって、すぐにミライを殺して、そのまま火葬しちゃったってこと?」

「ちょっと、じゃなくてかなりだよ」

「あんなにミライを可愛がってたでしょ」

「うん、ミライのことは大好きだったよ。そしてミライも僕のことを好きだったと思う。だからだよ。あんなミライを放っておけなかった」

テーブルの上の、昨日ファンタジーキャッスルでもらってきた資料の入った袋が目について、それを平成くんに投げつける。

それだけじゃ収まらなくて、ティッシュケース、ニンテンドースイッチのコントローラー、『かがみの孤城』と、机の上にあったものを片っ端から彼に向かって投げた。

平成くんは、一切避《よ》けもせず、困ったような顔で私のほうを見つめてくる。

「平成くんなんて、死んじゃえ」

「だから死ぬんだって」

「そういうことじゃないの。なんで君はこんなに聡明なのに、普通の人間がどう考えるかを想像できないの？　誰かがいなくなるってことは、とってもとっても悲しいことなんだよ」

「だからって、一秒でも長く生きていて欲しいってのは、残される者のエゴなんじゃない？　苦しんでたのはミライなんだよ」

「ミライは喋れないでしょ。本当はもっと生きたかったかも知れないじゃない」

じゃあ平成くんは、自分で死にたがっているのだから、いつ死ぬのも自由ということなのか。自分の発した言葉に頭がこんがらがりそうになる。もう訳がわからなくて、これまで流れることのなかった涙が一気に溢れた。

「ミライを返してよ」

「今日行った動物病院では、大往生《だいおうじょう》ですねと言われたよ。仕方なかったんだ」

わかってる。どうせ今日、平成くんが彼を安楽死させせなくても、先が長くなかったことくらい。でも、そういうことじゃないんだよ。それを今の平成くんにどう伝えればいいのかさっぱりわからなかった。そして平成くんも、なぜ私が泣き崩れているのか皆目見当がつかないようで、ずっと困った表情をしている。

平成くんと私の間に横たわる断絶線は、思ったよりもずっと深刻だったのだとあらためて思い知らされた。

＊

「ねえ、そのださい写真をいつまで飾っておくつもり?」

平成くんは、さっきまで履いていたユニクロの黒いフットカバーをゴミ箱に捨てながら、私がダイニングテーブルの上に置いている金色のフォトフレームを指さした。

彼と初めてディズニーランドへ行ったときに撮ったものだ。

平成くんが勝手にミライを安楽死させてしまってから、1週間ほど彼のことを無視し続けた。それでようやく彼は自分の行動が私を深く傷つけたことに気が付いたらしい。何を思ったか、急にアラン・デュカスのチョコレートやフィオレンティーナのケーキを買ってきたり、私の機嫌を取るような行動を取り始めた。

プレゼントで気持ちが変わったわけではないが、私も次第にミライの死を冷静に考えられるようになっていた。

今でも彼が勝手にミライを安楽死させたことに納得したわけではないものの、それがミライにとって最善の最期だったのかも知れないと考えるようになったのだ。

ミライが死んだことを母に報告すると、開口一番聞かれたのは苦しまなかったのかということだった。平成くんが勝手に安楽死をさせたことは伏せたが、最期は安らかだったと伝えるとほっとしていた。

母は、今でも父の死がトラウマになっているらしい。私も父の死が苦しみに満ちたものだったことを思い出し、次第に平成くんを許そうという気持ちが芽生えてきた。

しかし平成くんは、私の心境の変化には気付かず、これまで以上に私の希望を叶えようとしてくれた。せっかくなので、それまで一度も一緒に行ったことがなかった遊園地に連れて行って欲しいとせがんでみた。

写真は、東京ディズニーリゾート35周年プレビューナイトで乗ったスプラッシュ・マウンテンで急降下する一瞬を捉えたものだ。平成くんは目と口を大きく開き、まさに度肝を抜かれたという顔をしている。人生で初めて絶叫マシーンに乗ったらしい。

「この平成くん、かわいいじゃん。遺影にしようかな」

「せっかく蜷川実花《にながわみか》さんに撮ってもらった花に囲まれた写真があるんだから、そっちを遺影にしてよ」

「実花さんは遺影のつもりで撮ったんじゃないでしょ」

私たちは、このやり取りを落語のようにもう何度もしている。それが楽しくて、何ヶ月もディズニーランドの写真をリビングに飾ったままでいた。そんな会話をしているおかげで、私たちの距離はミライが死ぬ前よりも縮まった気がする。

だけど彼に、あの夜のことを正面から問いただしたことはなかった。むしろその話をするのが怖くて、ミライを思い出してしまう写真や遺品は全て片付けた。小さな骨壺だけは、私が肌身離さず持ち歩いている。

私がミライの話を避けているのに平成くんも気が付いたようで、私たちがその話題を出さないようになってしばらく経つ。

「今日もまた取材？」

平成くんはセオリーのジャージ素材のジャケットを脱ぎながら頷いた。

彼は、精力的に「取材」を続けている。その細い体軀《たいく》からは想像ができないほどタフだと思う。最近は元からの仕事の合間を縫って、調整できる時間を全て安楽死の「取材」に費やしている。

「そうなんだけど、愛ちゃんが来なくて本当に良かったと思うよ」

そう言いながら彼は冷蔵庫からレトルトカレーを取り出して、ストローで吸い始めた。ＹｏｕＴｕｂｅで観た「情熱大陸」の落合くんを真似しているらしい。ついこの間まではアントシアニンが豊富で、冷凍したら栄養価が上がるブルーベリーを万能食だと言っていたくせに。

「また人が苦しむような安楽死だったの？」

私も試しにカレーをストローで吸ってみる。

食べにくい上に、温めてもいないレトルトカレーは美味しくも何ともない。落合くんは今でもストローでカレーを食べているのだろうか。

「そういうわけじゃないんだけど、愛ちゃんが嫌がる話かも知れない」

「平成くんが理想の安楽死を見つけて、明日にでも死ぬっていう話じゃなければ怒らないよ」

笑いながらそう言うと、彼は渋々といったように今日の出来事について話した。彼が立ち会ってきたのは、最愛のペットを亡くして安楽死を決めた高齢女性のセレモニーだったという。最近、配偶者や恋人に先立たれて安楽死を選ぶというケースは増えているが、ペットというのは珍しいようだ。

今日の女性は飼い犬が死んでからは食事も喉を通らなくなり、鬱病のようになってしまった。犬用の骨壺を抱きながら迎えた最期の瞬間、とても幸せそうな顔をしていたという。

「ねえ愛ちゃん、僕たち人間は、まだ少しも死を克服できてないんだね。ここのところ、僕はたくさんの死に立ち会ってきたけど、人はこれほどにまで誰かの死に打ちのめされるものなんだってことに本当に驚いたよ。不慮の事故ならわかるけど、寿命や、本人が決めたはずの安楽死でさえ、その死に人は嘆き、苦しむ」

「急にどうしたの？」

私の問いかけがどう届いたのかはわからない。平成くんは、私があの日から避けていた話題をとうとう口にした。

「ミライが死んだ日、僕は正直、どうして愛ちゃんが、あれほど取り乱していたかわからなかった。でも残された人にとって、死というのはとても悲しいことなんだね」

今さらそんな当たり前のことに気付いたの？　そう言い返すよりも先に、彼は無邪気な顔をして私に聞いてきた。

「ミライがいなくなった後、一緒に死にたいって思った？」

「そんなこと、これっぽっちも思わなかったよ。だって、私まで死んじゃったら、ミライのことを覚えている人間が一人減っちゃうでしょ。そんなの絶対に嫌」

父が死んだ時も、ミライが安楽死をさせられた時も、後を追おうなんて考えたことは一度もない。そしてきっと平成くんが死んだ場合にも。

「もう本人がいないのに、他の誰かが覚えてるってそんなに大事？」

「大事だよ。たとえば平成くんがこんな風に育ってここにいるのは、君以外の全ての人がいたからでしょ。生んでくれた人、育ててくれた人、助けてくれた人がいたから、こんな平成くんができあがったわけだよね。だったら、誰かがいなくなったら、せめて生き残った私たちは覚えておかなくちゃ」

「僕は別に忘れられてもいいけどな。ボルネオに住むプナンという狩猟採集民は、誰かが死ぬと、遺体を埋めた後は、遺品を全て焼き尽くしてしまうんだって。そして死者について語ることはもちろん、名前を出すことさえも禁じられる。死んだ人間は生きていた時の痕跡を徹底的に消され、生者の世界から遠ざけられるんだ。もしかしたらそれは、狩猟採集時代、世界中で見られた普遍的な弔《とむら》い方なのかも知れない」

「君は狩猟採集民じゃなくて、東京に住むミレニアルズでしょ」

「あんまり変わらないかな。何十万年も続いてきたホモ・サピエンスの歴史を考えてみても、一人の人間の一生なんて、ただのキャッシュみたいなものだよ。それが消えたところで、何が悲しいっていうの？」

「悲しいよ。少なくとも、私は平成くんのことをずっと忘れたくない。だって、私の一部はもうすでに君なんだから。君の中にも、君以外の誰かがたくさんいるでしょ。だから『リメンバー・ミー』観に行こうって言ったのに」

平成くんはストローをくわえたまま、数十秒間、黙り込んでしまった。鼻呼吸が下手な彼が口で息を吸うたびに、レトルトパックの中でぶくぶくと空気の音がする。

せっかくの機会だから、ミライのことをきちんと問いただせば良かったのにタイミングを逸してしまった。

「ねえ愛ちゃん、今日の予定は？」

グーグルホームに聞くと、今日は16時から東京ミステリーサーカス、19時から日高くんとＩＮＵＡという2件の予定があるだけだった。

「日高くんには僕から謝っておくから、ちょっと付き合ってくれない？」

一体何だろう。急にミライの話を始めたと思ったら、唐突に訳のわからない誘い方をする。しかし、平成くんの頼みを断りたくはなかった。私が「いいよ」と言うと、彼はさっき脱いだジャケットをもう一度着て、新しいフットカバーを履く。

リビングに戻ると、平成くんがＵｂｅｒを呼んでいるところだった。

驚いたのはグッチの大きなバックパックを持っていたことだ。どこにでも手ぶらで行く彼がバッグを用意するのはとても珍しい。しかも「どこに行くの」と聞いても、首を横に振るばかりだった。

仕方がないので私も出張の時に持って行くシャネルのトートバッグに、急いで着替えや化粧品を詰め込んだ。

＊

地下の車寄せで乗り込んだＵｂｅｒは、桜田通りを北上し、桜田門を右折する。

その間、私はＳＣＲＡＰの加藤さんにミステリーサーカスに行けなくなった件を謝り、日高くんにも急用ができたという連絡をいれた。ＩＮＵＡには、たまたま日本に来ていたマシ・オカさんたちが行ってくれることになった。

車は東京駅八重洲口のロータリーに着く。どうやら私たちは新幹線に乗るらしい。平成くんはスマートＥＸでチケットを予約しておいてくれたようで、発券された切符を渡してくれた。行き先は熱海となっている。

「熱海？　これから温泉に行くの？」

「僕、温泉は苦手だな」

結局彼から行き先を聞き出せないまま、14時26分発のこだま663号に乗り込む。熱海には15時14分に着くらしい。

いつものように彼が窓際に座り、私は通路側の席に着く。平成くんは時々子どものように、一心不乱に車窓からの風景を眺めていることがある。それを見てから、窓際の席はいつも彼に譲るようにしていた。だけど今日は、新幹線が発車しても、彼は真正面を向いたまま、大きなバックパックを膝の上に抱えている。

無骨だけど痩せた横顔からはうまく表情が読み取れない。

「ねえ平成くん、取材で色んな現場を見てきたよね。ちょっとは死ぬことを考え直す気にはなった？」

彼は私の質問に正面からは答えてくれなかった。

「遺体を見るたびに思うんだけど、人って死ぬと本当に何もなくなっちゃうんだよね。魂という概念は、死体が徹底的に虚無であることから生まれたのかもしれない。死体を前にすると、もうここには何もないって意識せざるを得ないんだ。だからせめて魂があればとか、来世があればって人は信じるんじゃないかな」

「来世ってあると思う？」

「間違いなく言えるのは、あると考えたほうが合理的ということだよ。ゲームでも残りのライフが1しかないとチャレンジを恐れちゃうでしょ。でもライフが何個もあると思えるからこそ、プレイヤーは自由になれる。人生も、何度だってあると想定したほうが、僕たちは自由に生きられる」

彼はいつものように理知的に持論を披露した後で、ぼそっと付け加えた。

「そして個人的にもあるといいなって思う。都合良く嫌なことがリセットされた来世がね。この人生の終わりが、僕の終わりだったら、それはとても悲しいことだから」

「だったら、死ぬのなんて、やめちゃえばいいじゃん」

返事はなかった。新横浜を過ぎた新幹線の車窓には、田園風景が目立つようになる。関東平野というだけあって、平坦な景色が続く。

古臭い温泉街だと思っていた熱海は、すっかり再開発が進んでいた。きれいな駅ビルの前には何台ものタクシーが停まっている。

しかし先頭のタクシーに乗り込もうとする私を制して、平成くんが運転手と何やら話を始めた。どうやら1台目の車とは交渉が決裂したらしく、2台目のタクシー運転手にiPhoneを見せながら説明を始める。

ようやく彼から手招きをされたので、その車に乗り込む。

「貸し切りの交渉でもしてたの？」

「先頭の運転手さんは、本宮《ほんぐう》までの道を知らなかったんだよね」

「あそこまで車で行く人はあまりいないですからね」

小太りの運転手さんが会話に混ざってくる。私だけが何のことかわからず、話の輪に入れない。

タクシーは住宅街を通り抜け、山道を登っていく。車窓からは、まだ明るい空と海がよく見えた。山頂に近付くほど、リゾートマンションや保養所らしき建物が増えていく。多くはバブル期に開発されたものだろう。設計に時代を感じる。

県営住宅を過ぎると、道はいよいよ狭くなってきた。農道とまではいかないが、一車線しかない田舎道をタクシーは進んでいく。

運転手に「着きましたよ」と言われた場所は、一見すると何の変哲もない林だった。平成くんにうながされ、タクシーにメーターを回してもらったまま、車を降りて、林のほうを目指す。

そこは、木々で姿を隠された小さな神社だった。鬱蒼《うっそう》と生い茂る広葉樹の中に、鳥居と、赤い拝殿がぽつんと佇んでいる。

「本当は遥拝所から参拝路を登ってこないといけないんだろうけどね。さっき調べたら1時間くらいかかるらしいし、山登りはあまり得意じゃないから、タクシーにしちやった」

平成くんは、お参りをするわけでもなく、鳥居と拝殿に挟まれた広場のような空間に立ち、そのひょろっとした体軀で、精一杯の伸びをした。

どうせ彼の言葉を待つしかないと思って、私は何も聞かずに、そっと横に並ぶ。立派な百日紅《さるすべり》の木が、西日に照らされて黄金色に輝いている。木の向こうには、うっすらと相模湾《さがみわん》が見えた。決して派手ではないが、とても気持ちのいい場所だ。

深呼吸をしようと思った瞬間、強い風が吹いた。それが合図のように、平成くんはゆっくりと話し始めた。

「実は、僕が子どもの頃、家族でここに来たことがあるんだ。お父さんが友達に借りた車でドライブをしていたら、迷った先の行き止まりにこの神社があった。そのちょっと後に、お父さんは捕まっちゃったし、お母さんは死んじゃったから、僕にとっては、覚えてる限り、家族で来たほとんど唯一の思い出の場所」

平成くんから家族の話を聞いたことはあまりない。

一度、彼の父が犯罪者で刑務所にいるという噂を『週刊新潮』の編集者から聞いたことはあるが、その真偽は確かめていない。

私の母からも彼の出自を問われたことがある。ヒルズクラブで一緒に食事をした時のことだ。美容マニアである母は、他人の審美に厳しい。歯に関しても一家言があり、芸能人の歯を見る度に、通院歯科の名前を当てては楽しんでいた。

あの日も母は目敏く平成くんの奥歯が何本も欠損しているのを見抜いた。

母曰く、20代で何本も歯の欠損があるということは、発育環境に大きな問題があったのではないかという。私は偏食のせいかも知れないという曖昧な返事しかできなかった。

「安楽死が普及してから、貧困を理由に死ぬ人が激減したってニュースは知ってる？安楽死にはカウンセラーとの面談が必須だけど、そこで経済苦を訴えた場合は、法律の専門家やNPOを紹介してもらえるんだ。

任意整理や特定調停で債務整理をしたり、個人再生や自己破産のやり方を教えてもらったり、POSSEとかの労働相談に乗ってくれるNPOを紹介されると、ほとんどの人が自分は死ぬ必要はなかったって気付くんだって。

もしお母さんが自殺した時代にも今のような安楽死制度があったらなって思うよ。夫は有名なカルト宗教に関わった犯罪者で、自分は病気。子どもを育てていくなんて無理だって絶望したんだろうけどさ」

そこまで一気に話すと、平成くんは地面に置いたバックパックの中から白い壺を取りだした。

「何となくずっと捨てられなかったんだ。区役所が火葬まではしてくれたけど、うちにはお墓がなかったから、親戚に言われて僕が持っていた。でもこのまま僕が死んだら、お母さんって、この世界の誰からも忘れられちゃう。ねえ愛ちゃん、それって悲しいことなんでしょ」

平成くんは、骨壺の蓋を開けて、その中に手を突っ込んだ。壺の大きさに比べて、中にはそれほど多くの骨は入っていないようだ。

彼の手のひらには、小さな骨のかけらが載っていた。

病気の時期が長かったのか、骨はだいぶ細くなっていたのだろう。彼が少し握っただけで、骨は砕けてしまう。

「それ、お母さんの骨だよね。その骨を撒《ま》きに来たの?」

彼は少し恥ずかしがるような素振りを見せて、私をここに連れてきた理由を話した。

まるでキノコのように、ある日突然生まれたような扱いを受ける平成くんから、家族の話を聞くのは不思議な気分だった。

「変なことに付き合わせちゃってごめんね。でもこうやって骨を撒いたら、きっと愛ちゃんは今日のことを覚えていてくれるでしょ。もしかしたら、またこの場所に来てくれるかも知れない。ねえ、僕がいなくなっても、お母さんのこと、思い出してもらってもいいかな」

そこまで言うと、平成くんは黙り込む。

風が百日紅の葉を揺らす音。靴が砂利《じゃり》を踏み付ける音。スズメが囀《さえず》る音。トンボが羽ばたく音。タクシーのアイドリング音。

誰かの沈黙は、この世界に音が溢れていることを嫌でも思い出させる。

ゆっくりと平成くんの顔を見ると、長い指を目元に押し当てていた。私は勇気を出して、言葉をつなぐ。

「ねえ平成くん、一緒に何度でもここに来ようよ。でもさ、もしも私が平成くんよりも長生きすることになったら、ちゃんとこの場所に来て、平成くんと、平成くんのお母さんのことを思い出すよ」

私の言葉に安心したのか、平成くんは残っていた骨を足元に少しずつ撒く。中には形がしっかりした骨もあったが、どれも手で握るだけですぐに粉末状になった。幸い、私たち以外に参拝者はなく、散骨を見咎《みとが》められることもない。

人は図らずも、誰かが生きていた記憶を背負ってしまうことがある。自分の死によって、他者の記憶が永遠に失われてしまう場合がある。淡泊で合理的な死生観を持つ彼が、そのことに気付いてくれたことが嬉しかった。私は、平成くんのお母さんと会ったこともなければ顔も知らないが、ここに来るたびに、会ったことのないそのお母さんのことを思い出そうと決めた。

バッグの中からミライの骨壺を取り出して蓋を開ける。中には信じられないくらい少量だけ骨粉が入っていた。活発に動けなくなってから長いので、骨がすかすかになっていたのだろう。

少しは手元に残そうとも思ったが、強い風が吹いた瞬間にすべての骨を撒いてしまった。平成くんは少し驚いた顔をして私の顔を見る。

「平成くんだけじゃなくて、私たちにとって大事な場所にしようと思ったの。こうすれば、私、絶対何度でもここに来るでしょ」

ミライは父と同じ墓に入れるべきだったのかも知れないが、ずっと家猫だった彼を気持ちのいい場所に放してあげるのも悪くないと思った。

「ありがとう」

平成くんが溜息をはき出すように言った。

夏も終わりに近いのか、まだ17時前だというのに、そろそろ神社も夕闇に包まれそうだった。そういえばタクシーをずっと待たせたままだ。

平成くんの背中に手を回し、さりげなく下山を促したけれど、彼はまだ鳥居の向こうに広がる熱海の街並みを眺めていた。

仕方なく、一人で拝殿へ行き、拝礼をする。参道も経由していないし、手水舎《ちょうずや》で清めてもいないが、何のお参りもしないよりはましだろう。きちんと二拝二拍手一拝をして、賽銭箱《さいせんばこ》に一万円札を入れ、勝手に散骨をしてしまったことを詫びる。私有地に骨を撒くことは法律上も問題がありそうだが、切実な事情を勘案して欲しいと神様に言い訳をしてみた。

彼が動き出したのは、さらにそれから5分ほどしてからだ。タクシーのメーターは5200円にまで上がっていた。

「平成くん、お参りはしなくてよかったの？」

「僕が神様を信じると思う？」

その口調はすっかりいつもの平成くんだった。

「来世は信じるくせに」

「別にあれば嬉しいなって思うだけだよ」

運転手さんは、私物のエクスペリアでFGOをしているようだった。宝具レベル5のマーリンが見えたので、相当な課金をしているのだろう。熱海駅まで戻って欲しいと告げて、私は平成くんに寄りかかる。

彼が自分のルーツを私に話すつもりになってくれたのは嬉しいが、同時にそれが彼なりの死支度だと思うとぞっとした。

平成が終わるまでにはまだ半年以上の猶予があるが、その間にきちんと心変わりを促せるかと問われると、とても心許ない。彼から安楽死の希望を告げられてから、あっという間に半年以上が経ってしまったのだ。

「ねえ平成くん、せっかく熱海まで来たんだから、一泊して行かない？」

「僕、着替えも何も持ってないんだけど」

「コンビニでださいパンツ買ってあげるよ」

あの大きなバックパックには、本当に骨壺しか入っていなかったらしい。

グーグルカレンダーを確認すると、二人とも明日の昼までに東京へ戻ればスケジュールは何とかなりそうだった。

そのままグーグルマップを立ち上げて、近隣のホテルを検索する。星野リゾートの運営する「界 熱海」と「リゾナーレ熱海」があるらしく、現在地から近い「界」に電話する。平日ということもあり、すんなりと界別館の予約は取れた。平成くんは何も言ってこないから、承諾したということなのだろう。

近所にはコミュニティ・ストア伊豆山ちばや店というコンビニがあるようだった。運転手さんに頼んで、ホテルへ着く前にコミュニティ・ストアへ寄ってもらう。派手さはないが、品揃えは東京のコンビニと比べても遜色がない。約束通り、平成くんにはチェック柄のトランクスを買ってあげた。

「界」の別館であるヴィラ・デル・ソルは、コミュニティ・ストアから数分の距離にあった。海に面した熱海海岸自動車道の脇に、ちょこんと白い洋館が建っている。紀州徳川家15代頼倫《よりみち》が自宅内に建設した図書館を移設したものだという。

ロビーでチェックインを済ませ、部屋に案内された頃には、太陽はもうほとんど駿河湾に飲まれそうになっていた。

水平線をよぎるように、オレンジ色に染まった雲が棚引いている。いつもの39階で見る夕日に比べて、光量が圧倒的に多いような気がした。

平成くんも、食い入るように窓の外に広がる光景を眺めている。

「ねえ平成くん、サントリーニ島に行ってみたくない？　世界で一番、夕日がきれいなんだって」

「そんな綺麗じゃない日も多いみたいだよ」と言いながら彼は、グーグルの画像検索の結果を見せてくる。「サントリーニ　夕日　期待外れ」でヒットした画像は、確かに絶景とは言いがたいものだった。彼曰く、「期待外れ」という言葉で検索しても美しい場所こそが、絶景と呼ぶのに相応《ふさわ》しいという。

「しかもグーグルフライトで調べたら東京から21時間だって。遠すぎる」

「そんなこと言うなら、平成くんの骨、サントリーニの海に流しに行くよ」

「あの神社に撒いてくれるんだと思ったのに」

いつの間にか、太陽はすっかりと沈んでいた。電気をつけていなかったため、気付けば部屋も薄暗くなっている。

私たちはレストランへ向かい、平成くんが死んだ場合、遺体をどうすればいいのかを笑いながら話し合う。

さすが「取材」を重ねているだけあって、平成くんは現代の埋葬事情にも詳しくなっていた。かつてのように「菩提寺の墓に入る」というケースが減少していて、都市部では新宿の白蓮華堂《びゃくれんげどう》など豪華な納骨堂が次々に建設されているらしい。

だがそもそも墓自体にこだわらない人も増え、この数十年間で散骨は一気にメジャーになった。法務省刑事局も、葬送を目的とした散骨に対して、死体遺棄には当たらないという非公式の見解を出している。しかしその場合も、骨を粉末状にしなければならない。よく使用されるのはコーヒーミルだという。

今日のように骨が脆《もろ》くなっていればいいが、平成くんは意外と骨太だ。

「平成くんをコーヒーミルで粉砕するのは嫌だな」

「業者に頼んだら、自動粉骨機っていうのがあるらしいよ」

そんな話をしながら、私たちは平目のバターコンフィーを口に運ぶ。レモンの味がアクセントになっていて、バターとよく合う。

「骨を火葬場に置いてきてしまう人もいるみたいだね。愛ちゃんって関西のお葬式に出たことはある?」

「ないよ」

「東日本では火葬場で焼いた骨を全て骨壺にいれるけど、西日本では部分収骨といって、頭蓋骨とかめぼしい骨だけを選んだら、後は火葬場に置いてくるんだって。それを一歩進めて、火葬場に遺骨を全て置いてきてしまえばいいんじゃないかって主張する宗教学者もいる。確かにそれも一つの考え方だよね。骨なんて、ただのリン酸カルシウムだから。成分だけ見たら、肥料と一緒だもん」

「本当に肥料にするよ?」

デザートの苺とリュバーブのフラッペが運ばれてきた。バニラパウダーがどうしても粉砕された骨を連想させる。

骨がただのリン酸カルシウムだとするならば、食事に供しても全く問題はないのだろう。事実、愛するがために遺骨を食べたという話はよく聞くし、風俗として遺骨を食べる地方もあるらしい。

レストランには私たち以外の客はいなかった。

本館にはもっと多くの客が宿泊しているのだろうか。白いカーテンの向こうには、暗い熱海の海が広がっている。平成くんが何も応えないものだから、フォークを食器にぶつけただけの音がやけに響く。

レストランで夕食を終えても、まだ21時前だった。いつもだったら、六本木や新宿まで映画を観に行ったり、友人を誘って人狼でも始める時間だ。

部屋でシャワーを浴びるという平成くんを説得して、大浴場まで行くことにした。彼にはさっきコミュニティ・ストアで買ったトランクスと、浴衣を持たせてあげる。

しかし別館の建物を出てからが大変だった。スタッフから聞いてはいたが、温泉に行くまでには森の中の石階段を、ひたすら登っていかないとならないのだ。

「絶対に手を離さないでよ。お願いだからね」

そう言って、平成くんはしっかりと私の手を握ってくる。

いくら暗闇が苦手とはいえ、彼がこれほどべったりとしてくるのは初めてだ。お母さんのことを打ち明けられたことで、私との距離が縮まったと思ってくれているのだろうか。それともやはり、闇が彼のトラウマと関係するのだろうか。

青海テラスという休憩所を越えて、さらに階段を登った先に露天風呂と内湯があった。この時間は古々比《こごい》の瀧《ゆ》と呼ばれる露天風呂が男湯になっているらしい。

どちらの風呂にも、他にお客さんはいないようだった。

「ねえ平成くん、一緒のお風呂に入らない？」

そう提案すると、案の定即座に一蹴された。レストランではシャンパン1杯しか飲んでいないはずなのに、何だか急に楽しくなってきたのだ。

私に対して負い目がある今の彼なら、ほとんどの要望に応えてくれるだろう。こっそり二人で同じ大浴場に入るなんて、彼が一番嫌がりそうでいいと思った。

「混浴でも貸切でもないのに、ダメに決まってるじゃん。もしばれたら、いい炎上のネタだよ。恥ずかしくて、すぐにでも死んじゃうかも。愛ちゃんの奔放なところは好きだけど、ルールを破るのは良くないよ」

「私が男湯に入るから。もし誰かが入ってきても、男の子のふりをするから大丈夫だよ。平成くんにも胸の小ささにはお墨付きをもらったじゃん」

私はそう言って、平成くんの腕を強引に摑んで、男湯の古々比の瀧へと引き込もうとする。彼はもちろん必死で抵抗する。

「誰かとお風呂に入るのは好きじゃないけど、愛ちゃんがどうしてもっていうなら、部屋のバスルームに一緒に入ろうよ。それで我慢してくれないかなあ」

私は真面目な顔になって、両手で平成くんの頬を挟む。

「ねえ平成くん、自分の立場わかってる？　君は勝手に死にたいって言い始めて、ミライを相談なく安楽死させて、今日はお母さんのことまで約束してあげたよね。それなのに、こんな私の、ささやかな頼みの一つも聞けないの？」

彼はまだぶつぶつと言っていたが、私は構わず男湯の古々比の瀧を目指す。通路を進み、襖《ふすま》を開けるとガラス張りの小さな脱衣所があった。

隈研吾《くまけんご》の設計だけあって、建物は掘っ立て小屋のようにこざっぱりとした空間だ。森に囲まれて、ここだけが小さな宇宙船のようでもあった。

外はもう真っ暗なのだが、脱衣所の明かりに急に恥ずかしくなって、さっさと服を脱いでしまう。勢いでこんなことをしてしまったが、他の男性客が入ってきたときに恥をかくのは間違いなく私だ。顔を隠すようにタオルを頭にまいて、一瞬だけ身体をシャワーで流したら、すぐに湯船の中に入った。

それほど大きな露天風呂ではないが、すぐ目の前は相模湾だった。明るければ、伊豆大島が見えたのかも知れない。

ついにあきらめたのか平成くんも脱衣所へやって来た。

身につけていたセオリーのジャケットとシャツ、デンハムのブラックデニムを脱いでいく。一瞬だけ私と目が合うとばつの悪そうな顔をして、シュプリームのボクサーパンツとユニクロのフットカバーも脱いでしまう。そしてバスタオルを厳重に巻いて、辺りをうかがうように湯船のほうへ歩いてきた。

「もし誰かが入ってきても、僕は知らない人のふりをするからね」

そう捨て台詞を吐くと、彼は洗い場で身体にボディーソープを付け始めた。

私たちの家にはバスルームが二つあるし、彼が嫌がるので、まず一緒にお風呂に入るということはない。ましてや自分の身体を洗う平成くんの姿を見るなんて初めてのことだった。

彼は全身にくまなくボディーソープを付け終わると、次は頭部の何点かにシャンプー液を乗せた。そしてシャワーでお湯を全身に20秒ほどかける。そして全身水浸しのまま、湯船のほうにやってきた。ただでさえ長い前髪が完全に目に掛かっている。

「ねえ平成くん、いつもこんな雑な身体の洗い方してるの？」

彼は何も応えないまま、タオルを巻いたまま湯船に入って来ようとしたから、「マナー違反だよ」と注意する。銭湯や大浴場に来た経験がほとんどないのだろう。

「女の子が男湯に入るよりもましだと思うけど」

彼は文句を言いながら、タオルを湯船の縁に置き、私にできるだけ身体を見られないような位置でお湯に浸かる。

今さら何を恥ずかしがることがあるのだろう。

「僕、まだ怒ってるからね。こんなに堂々といけないことをするのは初めてだよ。迷惑防止条例違反で逮捕されても知らないからね」

彼は私のほうを睨《にら》みつける。

普段、感情をあまり見せない彼に怒られたことが、実は少し嬉しかった。どうせなら もっと怒られてもいいと思って、湯船の中を移動して、彼の背中に抱きつく。

彼は肩をびくつかせ驚いた素振りこそ見せたものの、決して抵抗しようとはしない。

「ねえ平成くん、本当に死んじゃうの？」

「ずるいよ。それを愛ちゃんに聞かれると、僕はあやまるしかないんだから」

私は調子に乗って、両腕で彼の胸をきつく抱きしめる。今度こそ振り払われると思ったが、むしろ彼はどんどんしおらしくなる。

「平成くんがいなくなると、今が平成何年かわからなくなって不便なんだけど」

冗談めかして言う。彼の年齢に一を足せば和暦がわかり、和暦から一を引けば彼の年齢となる。

「僕たち同い年でしょ。僕いらないじゃん」

私は彼を抱いたままでいる。彼はこちらを振り向かない。暗い相模湾を眺めて、一体何を思っているのだろうか。

「ねえ平成くん、自分でいうのも何だけど、この国で一番自由で、一番不自由しない立場の一つが、ビッグコンテンツの著作権者の家族じゃないかな。昔からのお金持ちと違って自由はあるし、起業家と違って成金扱いもされない。自由で、お金はあって、しかも文化的。

平成くんに結婚願望がなかったとしても、私には一生、平成くんを困らせない自信があるよ。お父さんが死んだのが1999年。『ブブニャニャ』の著作権が切れるのは2049年だからあと31年もある。TPPで著作権の保護期間が延びるなら2069年だよ。私たち、ずっとお金には困らないんだよ」

「確かに『ブブニャニャ』のアニメは、あと何十年も続くだろうね。『サザエさん』は団塊の世代と共に消えていくかも知れない。『クレヨンしんちゃん』もコンプライアンスとの兼ね合いでピンチが訪れるかも知れない。でも、『ブブニャニャ』は、むしろこれからの時代にこそ必要とされる作品だよ。異質な生物がいかに共生していけるかを、本当に上手に描いてる。現代の聖書と言っても過言じゃない」

「だったらまた映画の脚本、書いてよ」

彼からの返事はない。冷たい風が西から吹いてきた。まだ冬は遠いと思っていたが、季節はあっという間に巡ってしまう。

「ねえ平成くん、君の心配するように、一度目のピークは終わっちゃうのかも知れない。でも、これからの人生で、ゆっくり次の代表作を作っていけばいいじゃない。留学に行きたければ行けばいいし、南の島でゆっくり遊んでもいい。そんな暮らしの中で、いつか書きたいテーマや、残したい作品が自然に生まれるんじゃないかな」

平成くんの耳にそっとキスをした。

嫌がられると思ったのに、代わりに彼は「ありがとう」と小さく囁いた。

「あのね、僕がとんでもなく恵まれていることはわかるよ。愛ちゃんには本当に感謝しているんだ。いつか、特定の誰かを恋人って呼びたくないって言ったことがあったよね。でも、結婚願望なんてこれっぽっちもなかったけど、愛ちゃんと結婚して、子どもなんか全然好きじゃないけど、子どもを作って、一緒に育てたら楽しいだろうなって、そんな平凡極まりない未来に憧れたりもしたんだよ」

「いいじゃん。平凡で。君はとっくに気付いていると思うけど、私は君に合わせてエキセントリックに振る舞ったり、芸術家ぶったりしているけど、情けないくらい平凡な人間だよ」

私は、彼の口から「結婚」や「子ども」という単語が出てきたことに驚いていた。彼はメディアで結婚制度の無意味さを再三主張していたはずだ。なぜ彼は私のことをそこまで思っていてくれたにもかかわらず、私を残して死のうとしているのだろう。

彼の顔を見ると、なぜか泣いていた。

私も無性に悲しくなって、彼の身体をぎゅっと抱きしめる。着衣のセックスが当たり前の私たちにとって、裸で抱き合った機会というのは数えるほどしかない。彼の体温が、肌から直接伝わってくるのが、とても新鮮で、少し照れくさかった。

＊

私たちは早めにホテルをチェックアウトして、海沿いの道を歩いていた。高積雲《こうせきうん》の隙間を縫うような飛行機雲が水平線の向こうへ落ち込んでいる。

「おじさんが入ってきた時はどうしようかと思ったよ」

「お風呂が短い人でよかったよね」

昨日の夜、私たちが湯船の中で抱き合っていると、突然扉の開く音がして中年の宿泊客が露天風呂に入ってきた。私は一瞬で平成くんから身体を離し、湯船の端っこで小さくなった。

結局、そのおじさんは10分くらいで浴室を出て行ったので、私もそれほどのぼせずに済んだ。だけどその後、寝るまで平成くんから嫌味を言われ続けた。そのせいで、彼が口にした「結婚」や「子ども」についての真意は聞けずじまいだ。

「ねえ平成くん、島が見えるよ」

「伊豆大島かな。三原山《みはらやま》って、昭和初期は自殺の名所だったんだよ。連続して自殺に立ち会った女学生が「死の案内人」や「変質者」と書き立てられて大変な騒ぎになったんだ」

「ねえ平成くん、それでいうと君が死んだ場合、私が「変質者」っていうことになるんだけど」

「しかも連続して死を見届けた女学生は、事件発覚から2ヶ月後に病死しているんだ。僕が死んでも愛ちゃんは死なないでね」

「縁起でもないこと言わないでよ」

通り道にビルやマンションが目立つようになってきた。いつの間にか熱海の中心街に出てきたのだ。整備された緑地の中には、貫一《かんいち》お宮《みや》の像もあった。あまりにもひっそりとしているため、平成くんに言われないと気付かなかった。

ビーチの側を歩いていると、対岸にカラフルな大型船が停まっているのが見える。検索してみると、遊覧船の他に、熱海港と伊豆大島を45分でつなぐ高速ジェット船があるらしい。

「大島に行けるみたいだよ」

「田舎は嫌いだって知ってるでしょ。熱海だってぎりぎりなんだから」

そんなことを話しているうちに、大島行きの船は出てしまった。東京に帰る時間にはまだ余裕があったので、海がよく見えるベンチに腰を下ろす。海鳥たちの鳴き声、ビーチでバレーボールをする子どもの声、そして波の音が聞こえる。

笑ってしまうくらいに穏やかな空間だった。平成くんから安楽死を打ち明けられてから、私たちには恋人らしい瞬間が増えた。

そういえば、どこかの本に、死にたい人間ほど他者のぬくもりを必要としていると書いてあった気がする。アメリカのゴールデンゲートブリッジは自殺の名所として有名だが、多くの人は暗い太平洋ではなく、美しい夜景の輝くサンフランシスコの街に向かって飛び降りるらしい。

そんなことを思い出していた瞬間だった。

バレーボールが飛んできて、平成くんの顔のすぐ横をかすめていった。私は思わずのけぞったが、彼はきょとんとしている。そして私が驚いたのを見て、ようやく何が起こったのかがわかったらしい。

「ねえ平成くん、ぼんやりと何を考えてたの。あとちょっとで顔にボールぶつかってたんじゃない。危ないよ」

ビーチバレーをしていた子どもたちがやって来たので、私はボールを投げ返してあげる。小学校低学年くらいだろうか。一時流行したウルフカットをした男の子と、髪を短く刈り込んだ女の子だった。彼らは律儀に「ありがとうございました」と頭を下げて、ビーチへと戻っていった。

「子どもかわいいね。平成くんと私の子どもなら、もっとかわいいだろうけど。ねえ平成くん、ためしに子ども作ってみない？　今ならちょうど5月1日生まれの子どもになるんじゃないかな。名前考える手間が省けるよ」

冗談めかして笑いかけたが、平成くんは大きな両手で顔を覆って、深く落ち込んでいるようだった。ボールがよけられないくらいで大げさだと思ったが、よほど彼のプライドを傷つける何かがあったのだろうか。

平成くんは決して運動が好きなタイプではないが、そこまで反射神経がにぶかったわけではないと思う。それほどまで何かの思索に耽《ふけ》っていたのだろうか。

「愛ちゃん、実は一つだけ、言ってなかったことがあるんだ」

「ん？」

「僕さ、目が悪いんだよね」

「昔レーシックしたって言ってたよね」

「そうじゃなくて」

「そうか、レーシックしてもまた視力が低下しちゃう場合があるんでしょ。東野さんのツイッターで読んだ気がする」

「だから、そうじゃなくて」

平成くんは、声に怒気をにじませた。私たちの会話はまるで噛み合わない。彼は一体、何を言い始めたのだろう。

「本当は言うつもりもなかったんだけど」

彼は目頭に人差し指を当てる。

目をぎゅっと閉じて、何かを思案している様子だった。彼がこんな風に言葉をこまぎれで紡ぐのは珍しい。

初めて死を考えていることを打ち明けられた夜は、あれほど饒舌だったのに。

「初めは暗いところで、ものが見えにくくなったくらいだった。でも東京の夜は明るいからそれほど不便もなかったし気にもしなかったんだ。だけど昼間でも、見える範囲が少しずつ狭まってきた。眼科に行ったら、大学病院を紹介されて精密検査を何度もさせられたんだ。そうしたら、きちんと名前の付く病気だということがわかった」

平成くんが暗い場所をあれほど嫌がった理由、夜の奈良で何度も躓きそうになっていた理由、いつもあっさりと手をつないでくれた理由。その全てが腑に落ちて、私は思わず怒りに震えていた。

「少しずつ視界が欠けていって、最後には全く何も見えなくなっちゃうんだって。根本的な治療法はまだ見つかってない。普通は数十年かけてゆっくりと進行していくんだけど、僕の場合は、特別に早いみたい」

「じゃあ平成が終わるから死ぬってのは嘘だったの？」

「いくら日本でも、平成が終わって時代遅れになりそうですって理由だけじゃ、安楽死は認められないよ」

彼は私の身体に手を伸ばしてきた。

私はそれを払いのけると、思わず彼を怒鳴りつけていた。

「あのさ、平成くん、バカなの？　そんなことで安楽死を考えるって。いつか言ってたよね。死がいけないって考える私の発想が20世紀的って。でも、病気だから死ぬとか、それこそ20世紀的な発想じゃない？　君がまさかナチスドイツの歴史を知らないってことはないよね？　もちろん、君の境遇には同情するよ。でもさ、それですぐに安楽死って短絡的過ぎない？　君は考え方を世の中に売って生きてきた人間でしょ。何その、病気だから安楽死っていうクリエイティヴさのかけらもないような行動は。

面白くも何ともないんだけど。お願いだから、そんなつまんない死に方しないで」

彼は、いたずらがばれて怒られている子どものように、下を向いてしゅんとしていた。いきなり怒鳴り出した私を、子どもたちが遠くで冷ややかに眺めている。

だけど私はちっとも怒りが収まらない。

「別にさ、暗い場所でものが見えないんだったら、夏には北欧に行って、冬には南極に行けばいいじゃん。白夜を追いかけて、世界中を旅するなんて素敵じゃない。それで万が一、目が全く見えなくなったら、恋愛でもしまくったら？　視覚情報抜きで、誰かを愛せるなんて夢のある話じゃん」

自分でも無茶苦茶なことを言っているのはわかっていた。そして平成くんに対して、ひどい言葉をぶつけているのも。

当事者にしかわからない悩みの答えを、頼まれてもいない他者が押しつけるのは、おせっかいもいいところだ。

「ちゃんと僕の言ったことわかってる？　目が見えなくなるかも知れないんだよ。空も、海も、街も、君の顔だって、そして最後は自分の顔も見えなくなって、それがどんな姿か思い出せなくなっちゃうって想像したことある？」

「ごめん、ちっともわかんない」

だけど私は正直に言うしかない。

彼の考えをいつものように聞き、納得することはできなかった。

「僕にもうこれ以上、欲を持たせないでよ」

そう言い残すと、平成くんは一人ベンチを立って、街のほうへ歩いて行ってしまった。本当は追うべきなのだろう。だけど無理に引き留めたところで、彼を傷つける言葉しか出てこないと思った。何より私自身がまだ混乱している。

もし私たちが本当に普通の恋人になれていたら、こんな時は無理にでもセックスをして、全てをあやふやにできたのだろうか。

＊

「平成というのは昭和のツケを払い続けた時代でした。不良債権処理、隣国との歴史認識問題、巨額の財政赤字、廃炉もままならない原発。平成が向き合ってきた問題は、もとはといえば昭和の失敗に起因しています。昭和を終わらせることが、平成という時代の宿命と言ってもいい。今年の夏、まるで公開処刑のようにオウム真理教の幹部に対する死刑が執行されましたが、決着させるべきことはもっとたくさんあります。昭和もろとも、平成を終わらせないといけないんです」

テレビをつけると「激動の平成史」というNHKスペシャルが放送されていて、田原総一朗や中森明夫に混じって、平成くんも真面目な顔でコメントをしていた。初めて見るグッチの、タイガーがプリントされたジャケットを着ている。平成を終わらせるというのは、まるで平成くんが自分自身に向けた言葉のように聞こえた。

彼が家に帰ってこなくなってからもう3ヶ月になろうとしていた。仕事は変わらずにこなしているようだから、死期を早めたわけではないのだろう。ただ二人で住んでいたこの部屋に戻らなくなっただけだ。

熱海で喧嘩した日の夜、私は東京の部屋に帰ってしばらく、彼が家出をしたことに気付かなかった。違和感を察知したのは、シャワーを浴びてベッドルームに戻った時だ。ベッドの脇に並べられていたセックストイが全て消えていたのだ。

通常のセックスをしない私たちにとって、セックストイは結束の象徴だったはずである。私との関係を断ち切りたいということなのだろうか。おそらく彼はいつものパスケース、ｉＰｈｏｎｅ、セックストイだけを持って家を出たのだろう。

　それ以外の荷物を取りに来た形跡もないまま、今日に至る。原稿や資料をＯｎｅＤｒｉｖｅで管理している彼は、それでも仕事には困らないはずだ。服はおそらくその都度買って、捨てているのだと思う。

　彼が不在の間に、眼科医の友人に平成くんの病気についての相談をした。友人の話によれば、平成くんはおそらく遺伝性の難病だろうということだった。若年発症の場合でも数十年は視力が保たれることが多いが、まれに病状が急激に進む場合もあるという。治療法は発見されておらず、ｉＰＳ細胞の研究に期待がかけられているが、実用化されるのはまだ先の未来だという。

　その話を聞いて、彼が頑なにセックスの時に挿入を嫌がった理由もわかった。そういえば宋美玄さんから、コンドームを使用しても、避妊の失敗率は14%を超えると聞いたことがある。万が一、子どもができたときの、病気の遺伝を恐れていたのだ。

　しかし遺伝は決して絶対的なものではないはずだ。最新の遺伝子研究によると、どんな遺伝子を持って生まれたとしても、それが発現するかどうかは、運命としか呼べないような複雑な機構にかかっている。

偶然の出会い、たまたま耳にした曲、ふと立ち寄ったカフェといった、本当に些細な出来事が遺伝子に影響を与えるらしい。

そんなこと、平成くんは百も承知だろう。

彼の病気を知るうちに、平成くんがあの夜、レストランで私に語った死ぬ理由も、あながち嘘でもないと思うようになっていた。

彼の病気で、光も感じない全盲になる可能性は低いという。しかし時代と伴走していた彼にとって、視力を失うということはきっととてつもない恐怖なのだ。ただでさえ平成という時代が終わり、彼も若くなくなる。時代にキャッチアップするために、より努力が必要となるタイミングで、世界が見えなくなるというのは本当に怖いのだと思う。

何度も電話かＬＩＮＥをしようと試みたが、第一声が思いつかなくて躊躇してしまった。グーグルカレンダーの共有機能は切断されていないので、仕事の現場に押しかけることもできたが、そこまでの勇気も持てない。

しかし、だいたいの居場所の見当は付いている。

テレビ局の友人に調べてもらったところ、番組出演後、彼を乗せたハイヤーが新宿のパークハイアットに向かっていたことがわかったのだ。これで不倫や病気のばれた有名人もいるが、局が手配した車を使う場合、降車場所が記録される。

どうやら彼は、虎ノ門からできるだけ離れたエリアで、ホテルを転々としているようだ。その行動から推察するに、私とばったり鉢合わせしたくないのだろう。だとすれば、彼の意思を尊重したほうがいいのではないかと思った。

もっとも、彼の真意はわからない。

私に愛想を尽かしたのか、それとも私に自分の不在を慣れさせようとしているのか。カレンダーはもう11月を示していて、平成という時代も残り半年を切っていた。

平成が終わってしまう。

本当は彼を今すぐ探し出し、一分一秒も惜しんで説得すべきなのだろう。だけど、私には彼にかけられる言葉が思いつかなかった。もどかしくて、悔しくて、私は夜の予定をひたすら詰め込んだ。真面目な会食の後、友人と合流して、そのままうまくいけば男の子とセックスをする。

その日も、朝方までグランドハイアットで、人狼の舞台俳優をしている拓郎くんと一緒だった。彼が隣にいるときは、マイスリーなしで入眠することができる。

福岡の舞台に出るために羽田空港に行くという彼にタクシー代として3万円を渡して、私もホテルをチェックアウトした。冬の青空が気持ちよかったので、虎ノ門まで歩いて帰る。何をしているのだろうという焦りと、何かをしていないと気が滅入るという甘えが、交互に心の中を去来していた。

「おかえり」

部屋に戻ると、まるでいつもの朝帰りの日のように、平成くんは私を迎えてくれた。サイドスロープのニットとメゾンキツネのスウェットを着て、リビングのテーブルでSurfaceをいじっている。まるで彼が何ヶ月も家を留守にしていたことが嘘のようだ。

「平成くんこそ、おかえり」

私はだらしなくメイクが落ちた顔と、拓郎くんの香りが残っているかも知れない身体が急に恥ずかしくなって、彼に抱きつく代わりに、ぎこちない笑いを返した。カーテンが開け放たれた39階の部屋は、この時間からよく光が入る。

「急に出て行って、急に帰ってきてごめんね」

そう言って平成くんは私に抱きついてきた。

彼から抱きしめられたことなんて、出会ってから何度あっただろう。本当なら嬉しいはずなのに、申し訳なさが先に立ってしまった。

「私、平成くんにひどいこと言っちゃったよね」

本当にひどいのは、むしろ今日だ。

よりによってこんな日の朝に帰ってくる平成くんをうらめしく思った。

「僕、愛ちゃんに怒られて、結果的には感謝している。これから死ぬっていう人間のことを、普通は怒るって難しいよね。それで今日は一つの提案をするために来たんだ。そのためにこの3ヶ月、松尾さんの研究室やスプツニ子！に助けてもらいながら、色々準備してたんだよ」

そう言いながら平成くんは、30センチ四方の白い箱を渡してくれた。そして彼は、3ヶ月間の不在の理由を語り始める。

「愛ちゃんと熱海で口論になった後、ほとんど絶望しながら東京に戻ったんだ。僕の切実な問題をどうして愛ちゃんはわかってくれないんだろうって。

そして一度距離を置こうと思って、家を出た。一応、責任があるから、おもちゃもきちんと持っていったよ。だけど愛ちゃんから離れて、何日かホテル暮らしをするうちに、ものすごく寂しくなった。

仕事は続けていたから誰かと話す機会はいくらでもあったんだけど、「高輪ゲートウェイって駅名をどう思う」とか「ついにボイジャー2号も太陽圏を離脱したね」とか、そういうどうでもいいことを喋る相手がいないことに気付いたんだ。

僕は自分のことを合理的な人間だと思ってたけど、実は愛ちゃんと無駄話をするような時間が、とてつもなく大事だったってわかった。

逆にいえば、僕は愛ちゃんにそれだけ依存していて、無駄な時間を過ごさせてしまったということでもある。だから何の恩返しもしないでさよならっていうのは、すごく無責任だと思ったんだ。

初めは、すごく長い手紙を書いてみた。でも、何千文字、何万文字を書いたところで、愛ちゃんへの思いは、少しも言い尽くせなかった。

どうしようって迷いながら、グーグルフォトで、愛ちゃんとの写真を見返してみた。2015年2月に『ダ・ヴィンチ』で対談した時の写真、2015年4月に愛ちゃんに誘われてスカイツリーの水族館に行った時の写真、2015年7月に四川省へ行って青年パンダに襲われそうになった時の写真、2016年10月にミライがうちに来た時の写真。二人が写った写真は、7521枚もあった。

次はLINEを読み返してみた。バックアップから復元して、初めての「瀬戸愛です。よろしくお願いします」「こちらこそよろしくお願いします」という事務的な会話から、最後に交わした「今日は何時くらいに帰る?」「11時45分予定」という別の意味で事務的な会話まで、僕たちは3年半の間に、97万字も言葉を交わしていた。

そうか、僕たちには、もうこれだけの歴史があるって気付いたんだ。歴史の大半は反復で構成されている。だとすれば、するべきことは一つだった」

平成くんに促されて白い箱を開けると、グーグルホームのようなスピーカーが入っていた。

「何か話しかけてみて。いつも愛ちゃんが僕に呼びかけてくれるみたいに、「ねえ平成くん」って」

「ねえグーグル」が起動コマンドとして設定されているグーグルホームと同じ要領なのだろう。

「ねえ平成くん、ごめんね」

スピーカーは一瞬の間を置いて、平成くんとそっくりの声で話し始めた。

「何について謝っているの？　謝罪は言葉よりも行動で示してくれるほうが好きだよ」

初音ミクと同じで、合成音特有の発声方法だが、注意しなければわからない。しかも、スピーカーは、さも平成くんが言いそうなことを答えた。

「ねえ平成くん、このスマートスピーカーを3ヶ月かけて作ってたの？」

「そうだよ」

本物の平成くんと、スマートスピーカーが同時に答えた。

「『想定外』という言葉が、珍しい事象を指して使われるように、僕たちは普段「想定」の中を生きている。僕の行動も、ほとんどは「想定内」のはずだ。「想定」は僕のアーカイブから構成される。

そして幸いなことに、僕は人よりも多くのアーカイブを残してきた。個人的なLINEやメールはもちろん、本やテレビ、ツイッターで、たくさんの言葉を発信してきたからね。

しかも、僕はある程度理知的で、論理的な人間だ。だから機械学習で僕を再現することはそれほど難しくないんじゃないかって思ったんだよ。実際は、松尾さんたちにはかなり無理をさせちゃったけどね。実はスマートスピーカーは急ごしらえで、まだまだアップデートしなくちゃいけないんだけど」

平成くんは、A4のコピー用紙の束を何冊かテーブルの上に置いた。全てをタブレットやスマートフォンで済ませる彼が、印刷物を使うのは珍しい。

「実はこの3ヶ月の間に、愛ちゃんのお母さんにも会ってたんだよ」

「え？　ママに？」

母からは一言もそのような報告を受けていなかったのでびっくりした。冊子を手に取ると、『ブブニャニャ　未来冒険記』というタイトルが見えた。

「東宝と小学館経由で、また『ブブニャニャ』の映画脚本を書かないかと言ってもらっていたから、瀬戸プロの社長にも挨拶してきたんだよ。一応、3パターン書いてみたら、社長は全部気に入ってくれた。今のところ、2020年公開の映画に採用されるのはほぼ決定していて、2022年、2023年にも使おうと言ってくれている」

「えらく先の話だね」

「本も書いてたんだ。連載をまとめる分を含めると、2019年には3冊、2020

年から２０２３年までは年１冊出版できる分の原稿は書きためてある。サノケンさんとデザインや広告の打ち合わせも済ませてきたよ。もし僕の本がどこかで劇的に売れなくなったら、出版してもらえないだろうけど」

「世間の人は、平成くんがいなくなったって気付かないかもね」

少なくとも２０２３年までは彼の仕事が公に発表されることになる。

「愛ちゃんに死ぬのはダサいって言われちゃったから、代わりに不老不死になろうと思ったんだよ」

「不老不死？　安楽死を考え直してくれたってこと？」

平成くんは、質問に答える代わりに、未来のことを話してくれた。

彼はこれからの5年間、大抵の話題に対応できるように、本や映画脚本だけではなく、ツイッターやインスタグラム用の投稿を何千パターンも用意したのだという。

「大安の日が来るたびに宝くじ売り場には行列ができるだろうから、「愚民の列。宝くじの実質還元率は45・7％で競馬や競輪と比べても、はるかに割りの悪いギャンブル」とかね。それで足りない分は人工知能を組み合わせて、僕の過去の発言から言いそうなことを類推して発表していく」

「さすがにテレビやラジオには出られなくなるでしょ」

「生放送はまだ無理だね。だから執筆活動に専念するとでもいって、来年早々にはメディアに出る仕事は一通り降板することになる。でもアベマTVで、春から実験番組を始めてもらうよ。僕の人工知能が、色んな人の人生相談に答える番組。去年「金スマ」でテレサ・テンが復活して話題になったけど、同じようにCGで僕の姿を再現してもらうことにした」

見せてくれた動画では、若干違和感のある動きと、たどたどしい口調で「平成くん」が話していた。彼は普段から動きや話し方が機械的なところがあるので、それほどの違和感はない。もしもこのまま技術が進んでいったら、生放送で彼を観る日が来るのかも知れない。

だけど、大事なのはそんなことではない。彼が社会的に延命することと、今こうして目の前にいる彼が消えることとは、まるで別の話だ。スマートスピーカーは嬉しいし、これから出る本も楽しみだったが、問題はそこではない。

「それで、死ぬのは、やめたの？」

指先で彼の顔に触れる。

久しぶりに会ったはずなのに、彼の顔はいつ見ても、CGのように変わらない。フォトショップでの修正後のようなつるっとした肌と、髭一本生えていない口元。彼は大げさなくらい、口を開けて笑った。

「実はまだ悩んでいるんだ」

彼がこんな風に笑うのは珍しい。だけどそれが空元気《からげんき》のようには見えなかった。

「病気のことはちっとも解決していないし、平成と一緒に僕が古い人間になっちゃうのは避けられそうもない。だけどどっちにしても、ある日を境に、急に消えることはないと思ったんだ。古代でいう殯みたいなものかな」

「ねえ平成くん、モガリって何？」

平成くんの代わりにスマートスピーカーが応えてくれた。

「Ｗｉｋｉｐｅｄｉａでは、殯とは死者の復活を願いつつも遺体の腐敗・白骨化などの物理的変化を確認することにより、死者の最終的な「死」を確認することと書かれているね」

死者の復活という言葉が頭に残った。平成くんの復活を期待してもいいのだろうか。

「それで、人前に出る仕事をお休みしてからはどうするの？」

「前に愛ちゃんが言ってくれたみたいに、長い旅にでも出ることにするよ。旅は続くかも知れないし、どこかでこっそりと死ぬかも知れないし、ひょっこりまた戻ってくるかも知れない」

「私は連れて行ってくれないの？」

何も答えずに、平成くんは私の身体を長い腕で抱きしめてくれた。もう拓郎くんの香りはすっかり消えているだろうか。

私も負けずに、ぎゅっと彼の身体に抱きつく。胸元に顔をうずめてみるものの、平成くんからは買ったばかりの服の匂いしかしなかった。

＊

バルコニーに出ると、南からのぬるい風が吹いていた。

今日の東京は、4月並みの暖かさだという。オリンピックまであと1年半を切ったこともあり、湾岸の開発は急ピッチで進んでいる。晴海埠頭の選手村も形が、おぼろげながら見えてきた。

「ねえ愛ちゃん、ちょっと散歩に行かない？」

「もちろん。今日あったかいもんね」

平成くんは宣言通り、テレビやラジオのレギュラー番組は全て降板して、雑誌への連載原稿も、あらかじめ書きためたものを自動送信しているようだった。一日中、部屋でごろごろしている日もあれば、急に数日間家を留守にしたりもする。私と軽井沢まで一泊旅行へ出かけたこともある。まるで長期休暇のような日々だ。

このまま平成くんがずっとそばにいてくれたら嬉しいと思う一方で、彼がある朝、急に消えてしまわないか夜が来るたびに不安だった。最近ではマイスリーに加えて、ベルソムラも処方してもらっている。

レジデンスの玄関を出ると、相変わらず虎ノ門地区の再開発工事が続いていた。いつもはＵｂｅｒで出かけてしまうので、虎ノ門のあたりを歩くのは久しぶりだ。

ヴァージルがデザインしたルイ・ヴィトンのフーディーに、アンリアレイジのデニム、バレンシアガのスニーカーという軽装のせいか、平成くんの足取りは軽い。

「ねえ愛ちゃん、スマートスピーカーだけど、ちょっとアップデートしたんだ」

「平成くんホームね」

もらったスピーカーは、リビングでグーグルホームの隣に置いてあるのだけど、まだ平成くんが一緒にいる部屋では、それほど使い道がなくて困っている。

「今までは僕の過去の発言をもとに自動で回答を生成していたけど、場合によってはリアルタイムで応答する機能もつけてみたんだ」

「どういうこと？」

「僕がどこか遠くへ行くとするでしょ。その時に愛ちゃんがスピーカーに話しかけると、世界のどこかにいる僕のところに連絡が来るんだ。だから、そのまま僕が返事をしてもいいし、何も応答しなかったら、今まで通り人工知能が勝手に答えを返してくれる」

「その答えが、本物の平成くんか、人工知能なのかってのは、私にはわかるの？」

「ちゃんとわからないようにしてもらったよ。僕がリアルタイムで応答する時も、きちんと合成音声に変換されるから」

「ふーん、つまり平成くんが、生きているのか、死んでいるのか、わからないんだね」

彼は少しいじわるな表情をして私のほうを見たかと思ったら、途端に屈託のない笑顔になった。

こんな無邪気で表情豊かな彼は、もしかしたら初めて見たかも知れない。

ふと、去年の秋に沖縄コンベンションセンターで観た安室ちゃんを思い出した。悲しみを微塵《みじん》も感じさせない、引退後が楽しみで仕方ないというような笑顔。

「ねえ愛ちゃん、僕ね、お母さんに歯医者さんを紹介してもらったよ」

「知らない間にうちの親と仲良くなってるんだね」

「帝国ホテルの中原先生のところ。笑っちゃうくらい高い見積もりを出されてびっくりしたんだけど、あっという間に全部の歯を完璧に治してくれた」

平成くんは大きく口を開けて笑う。確かに歯が欠けていた部分にもきちんとインプラントが挿入され、虫歯もきれいに治っていた。もしもこれからしばらく日本に戻らないなら、きちんと歯の治療をしておくのは大切だ。

私たちは、虎の門病院を越えて、溜池のほうへと向かう。平成くんは饒舌に他愛のないことを話し続けていた。

「このファミリーマートには、やたらイートインで目が合うおじさんがいるんだ。昼でも夜でも主みたいにこのお店にいるんだよね。ほら、今も席の端っこに座ってスープを飲んでるでしょ。『ブブニャニャ』の映画に出したショータのモデルは、実はあのおじさんなんだ」

ファミリーマート、溜池眼科医院、上海亭、白洋舍、すき家、ドトール。大通り沿いには、チェーンストアを含めて小さな路面店が並んでいる。お昼時ということもあって、ビジネスマンたちの往来が激しい。

「すき家には、大学生の頃、一度だけ行ったことがあるんだよ。学園祭でお化け屋敷を企画したんだけど、当日の朝まで準備が全然終わらなくて、夜明け頃みんなで牛丼を食べた。キャンペーン中で280円だったかな。牛丼を日本型福祉といって炎上した社会学者がいたけど、エスピン＝アンデルセンの福祉レジーム論で考えても、市場が福祉の担い手になるという発想は、それほど突飛なものではないよね」

彼の話を黙って聞きながら溜池の交差点を渡り、外堀通りを進んでいく。

「このコマツビルディングって知ってる？　地下が商店街になってるんだよ。でも営業しているお店はほとんどなくて、都心なのにシャッター商店街。勿体ないよね。シーザーという喫茶店だけはまだ営業中らしいんだけど、結局行くことはなかったなあ」

やたら警察官と特型警備車が多いと思ったら、右手には首相官邸が見えた。

「紅葉の季節は、官邸の前を通るといいよ。じっくり眺めてたら、警官に職務質問をされるかも知れないけどね」

私たちは首相官邸沿いの坂道を上がり、総理官邸前の信号を左へと曲がる。右手に国会議事堂の裏手、左手に衆議院議員会館を認めながら私たちは歩く。正面には古臭い自民党の建物が見えた。

「議員会館にしても自民党にしても、セキュリティが緩くていつもびっくりするんだ。議員会館は地元の支援者のふりをすれば、簡単に議員の部屋まで行くことができる。実際に、ストーカー被害に遭った議員もいたよね」

虎ノ門からもう30分ほど歩いてきた。平成くんは途切れることなく話を続けていた。彼にしては珍しく、主題と脈絡のない言葉が次々と口から出てくる。自民党本部前を過ぎると、首都高が見えてきた。

平河町の交差点を左折して、２４６を西へと進む。

「ねえ愛ちゃん、さっきからどうしたのって思ってるよね。いきなり散歩に行こうなんて誘われて、僕から本当にどうでもいい話ばかりを聞かされている。もうちょっとだけ付き合ってね。ほら、見えてきたよ。ここに来ておきたかったんだ」

彼が指さした先には、何の変哲もない歩道橋があった。首都高の下に架かっていて、衆議院議長公邸のあるこちら側から、東京ガーデンテラス紀尾井町のある向こう側へと渡れるようになっている。

「ほら、ついて来て」

彼は私の手をとると、階段を駆け上がろうとする。

私たちはよく手をつないだが、こうやって彼に先導されることは、記憶の限り一度もなかったので新鮮だった。

嬉しそうに笑う彼の手を頼りに、私も歩道橋を一段ずつ上がっていく。246にはひっきりなしに車が行き交っていて、エンジン音がけたたましく響く。彼は歩道橋のちょうど真ん中で立ち止まったかと思ったら、思い切り手を上に伸ばした。

「ねえ愛ちゃん、見てて」

そう言うと、彼はその場でちょっとしたジャンプをした。手は歩道橋を横切る首都高新宿線の高架裏に一瞬だけ触れる。私はまだ平成くんの意図がわからず、ぽかんとした表情をしてしまう。

「この歩道橋に来ると首都高に下から触れるんだよ。すごくない？　愛ちゃんもずっと東京に暮らしているけど、首都高に触ったことなんてないでしょ」

笑いながら、彼は何度かジャンプを繰り返す。歩道橋が通常の高さであるのに対して、首都高の高架が低いのだろう。

「首都高に何か暗号でもあるの？」

「ごめん、そういうんじゃないんだ。半年前に文藝春秋に来た時に偶然発見したんだけど、こんなつまらないこと、エッセイにも書けないでしょ」

平成くんは急に真面目な顔になって言葉を続けた。

「僕はずっと、誰かに思い出を残すのなんて嫌だと思ってた。限界のある人間の記憶力の中で、僕なんかのことで容量を使ってもらうなんておこがましいと考えていた。だからせめて価値のあることを残そうと思った。だから、僕が頑張って調べたり、無理にでも経験したり、必死に考えたりしたことは、全部文章にしてきた。だけど、愛ちゃんなら許してくれるかと思っちゃったんだよね。僕の頭の中にあって、僕が消えたらどこにも残らないような話を、今日はしておきたかったんだ」

「この歩道橋を通るたびに、きっと平成くんのことを思い出すよ」

「ごめんね」

「でもね平成くん、この歩道橋だけじゃないよ。私は記憶力がいいほうではないけど、アンダーズで平成くんを襲ったことも、Ｕｂｅｒの中で急に平成くんに胸を触られたことも、ミライを勝手に安楽死させた平成くんを本気で恨んだことも、熱海の露天風呂で平成くんに本気で怒られたことも、全部覚えてるからね。私たち、仲良くなってからもう5年目だよ。グーグルタイムラインを見なくても諳《そら》んじられる思い出がたくさんあるから」

平成くんは私の話を聞き終わると、ポケットから小さな箱を取り出した。一瞬、指輪かと思ったが、中には小さなメモ用紙だけが挟まっている。私はまるで婚約指輪を受け取るように、ケースから紙を取り出し、手の平で広げてみる。そこには「AHistorianOlive」という文字列が記されていた。

「僕のグーグルアカウントのパスワードだよ。ログインしてもらえば、タイムラインで僕がどこにいるかがわかるし、メールのやり取りを見れば、僕の消息もつかめると思う。もちろん、今ここで捨ててもらってもいいし、一生見なくても構わない。それか、僕のふりをして誰かに嫌がらせのメールを送ってくれてもいい」

いつか平成くんは「グーグルは僕そのもの」と言っていた。

スマートスピーカーのみならず、グーグルのパスワードまで渡すということは、きっと決心を固めたのだろう。私は首都高の下、歩道橋の真ん中に立つ平成くんの姿をあらためてじっくりと見つめた。

「今日も前髪、重いね」

これで最後かも知れないと思って、彼をきつく抱きしめた。安楽死を考えていると告白されてから、1年余りの猶予が殯としての機能を果たしたのかも知れない。もうすぐ平成くんが消えるとわかっても、不思議と悲しくはなかった。

＊

セックスで一番興奮するのは、相手がふっと力を抜き、身体を弛緩させる瞬間だ。彼は、これから捕食されるインパラが、命をあきらめた一瞬に見せるような切ない表情をした。私はリカオンにでもなった気分でその顔を舐め、身体の密着度を高める。彼の体温が伝わって来ると、私は安心して泣きそうになってしまう。

視界の隅に一瞬、買い集めたセックストイが見えた。いい加減に片付けなくちゃと思いながら、彼が急に手を握ってくれたので、それがまた嬉しくなる。

私たちは昼下がりから、もう随分と長い間セックスをしている。

改元に伴う祝日が設けられたことで、今年のゴールデンウィークは10連休になった。今日はその4日目で、メディアは祝賀ムードの中、平成最後の日を伝えているのだろう。新天皇が即位する明日は、剣璽等承継《けんじとうしょうけい》の儀などの国事行為が予定されている。崩御による改元ではないため、昭和の終わりとはだいぶ雰囲気が違う。

ＹｏｕＴｕｂｅには昭和から平成になる瞬間を捉えた映像が多くアップロードされているが、昭和天皇崩御の直後ということもあり、銀座ではネオンサインが消され、改元を伝えるアナウンサーの面持ちも暗かった。

まだ若かった松平定知アナウンサーの「昭和が終わります。平成元年が始まります」という重苦しい言葉と共に幕を開けた平成と違って、テレビではきっと華やかな特別番組が放送されているのだろう。

彼はベッドに腰掛けて、裸のまま枕元にあったクリスタルガイザーを飲んでいる。時刻を見ると、もう19時近くだった。

あと5時間で平成が終わる。

新しく発表された元号には未だに慣れないが、私たちはすぐに馴染んでいくのだろう。新しいGalaxy Noteも、安室奈美恵が引退した音楽シーンも、先月模様替えをしたリビングも、初めは気に入らなかった彼とのセックスも、色々なことはきっとすぐに馴染んでいく。

「ねえ、お腹空かない?」

「お昼から何も食べてないもんね。Uber Eatsで何かとろうか」

「愛がいつも使ってるのあるじゃん。食材を配達してくれるやつ」

「honestbee?」

「うん、それしてくれたら、俺が何かちゃちゃっと作るよ」

彼はよく料理をしてくれる。

初めは買ったままになっていたホットクックでシチューや煮物を作るだけだったが、最近では凝った料理をあっという間に完成させてしまう。

「今すぐ食べたいから、出かけようよ」

裸のまま起き上がり、枕元のGalaxy Noteで食べログを開く。何軒かのお店に断られた後、ヴォストークの予約が取れた。直前でキャンセルが出たらしい。

私たちは脱ぎ散らかしたままになっていた服を着ると、レジデンスの1階まで降りた。そのままアンダーズの車寄せまで歩いてタクシーに乗り込む。

彼はポールスミスの花柄シャツと、私がプレゼントしたY－3のスウェットをラフに着ていた。もともと彼は24karatsのジャージを愛用していたのだが、さりげなく別のブランドを提案した結果、お互いの妥協点がY－3だということがわかった。

タクシーは六本木通りで渋滞にはまってしまう。

カーラジオからはDA PUMPの「U.S.A.」が流れていた。平成のヒットソングを振り返る企画らしい。彼はビートに合わせて指先でリズムを取り始める。苦笑いしながら空を見上げると、赤坂インターシティがくすんだ光を放っていた。

予約時間よりも少し遅れて、タクシーはヴォストークの前に到着する。

グーグルタイムラインによれば、私は2018年1月21日にこの店に来たことがあるという。しかしグーグルに教えられるまでもなく、私はその日のことを鮮明に覚えていた。

Suicaが使えないと言われたので仕方なく現金でタクシーの会計を済ませる。

ラジオ番組ではちょうどglobeの「FACES PLACES」が終わり、浜崎あゆみの「SEASONS」のイントロが始まるところだった。

「なんかうまそうな店だな。愛、本当によくお店知ってるよね」

「会食が多いからね」

彼はビールを頼んだあと、『ゴールデンカムイ』の話を始めた。

杉元が熊と戦うシーンがとにかく格好良く、ジビエがいかにおいしそうかという話を延々としている。それを聞き流しながら、そういえば今年の冬はついに比良山荘《ひらさんそう》へ行かなかったことを思い出した。

秋元さんや三枝さんに誘われて何度か行くチャンスはあったのだが、冬はそれどころではなかった。もし来年まで彼と付き合っていたとしても、何となく一緒に比良山荘へ行くイメージは湧かない。

アミューズにウナギのブリオッシュが運ばれてくると、彼は大してお皿や料理を眺めもせずにそれを口に放り込んだ。

料理は上手なので味覚は鋭いはずだが、盛りつけには全くの無関心なのだから仕方がない。だけど彼は料理を本当に嬉しそうに食べる。口に何かをいれた瞬間に眼元が綻び、頬を上げて満面の笑みを浮かべるのだ。

たまに私が作る料理も、いつもおいしそうに食べてくれる。

次に運ばれてきたのは、フォアグラのタルトに、蜂蜜と野生の花が添えられた料理だった。サーバーによれば、シェフのスペシャリテだという。彼はフォークだけを手にして、すぐに食べ尽くしてしまったが、私は思わず料理を凝視する。フォアグラと蜂蜜の混じった独特な香りが、嫌でもあの日のことを思い出させる。

２０１８年1月21日。彼から安楽死の希望を告げられたあの日。

「感情を司る大脳辺縁系が、嗅覚情報に応じて記憶を呼び起こすからだよ」

「やめてよ」

彼の声が頭の中で鳴り響いただけなのに、私は思わず声を出してしまう。それにびっくりしたのは彼とサーバーだ。

「どうしたの？」

「ごめんね。ちょっと考え事してた」

「良かった。俺、何か怒られることしたのかと思った」

そう言いながら彼はもう3杯目のビールを飲み干そうとしている。どんな高級レストランであろうとも何杯もビールを飲む彼は、時に食事中でも居眠りをしてしまう。酒乱よりはましだが、私は彼をこの店に連れてきたことを後悔し始めていた。

彼が次のビールを頼もうとしたので、それよりも先に私が声を発した。

「このスペシャリテ、前にも頂いたことがあるんです。その時も、野生の花がとても素敵だと思ったんですが、この盛りつけには何かモチーフがあるんですか？」

シェフに確認しておくと言って、サーバーはうやうやしく部屋を出て行った。

その隙に、これ以上ビールを飲まないように彼に伝える。何やらぶつぶつと不平を述べていたが「君、酔っ払っちゃうと勃たなくなるでしょ」と睨みつけると、ようやく下を向いた。

これで黙ったかと思ったら、彼はにやっとしながら、ポケットの中から薬のタブレットを取り出した。

「ステンドラもらったこと忘れてた。愛、知らないでしょ、ステンドラ。すぐ勃つんだって。しかも食事後でも大丈夫。バイアグラはお腹空いてないとダメだったから、カッキテキだよな」

彼の発する画期的という言葉が、まるで外国語のように暖色の光に包まれた個室に響く。彼はしばらくの間、ＥＤ治療薬の話を続けた。

酩酊《めいてい》時以外、彼のセックスに不満なんて持たなくなっていたけれど、彼自身にとって勃起しないことが非常な恐怖であることがわかった。満腹時にバイアグラを服用したばかりに、キャバ嬢とのセックスに失敗したという話の途中で、スモークされたピーマンとチーズの添えられた鳩の炭火焼きが運ばれてきた。

彼はまたしてもすぐに料理を食べ尽くしてしまう。彼がいた時に比べて、私の食事時間はおそらく半分以下になったと思う。

デザートに、ホワイトチョコレートとヨーグルトのパフェを食べていると、シェフが挨拶に来てくれた。

大学時代に英語を習っていたユダヤ人の詩人を想起させるような、線の細い人だった。バスク地方で5年間の修業を積み、東京で店を出してから1年ちょっとになるらしい。彼と来た時は、まだオープン間もなかったことになる。

私は名刺を出して、前回も今回も料理がおいしいのはもちろん、色彩が非常にきれいだったことを伝えた。

「そういえばフォアグラのタルトのモチーフなんですが、実は思い出せないんですよ。バスクで見たポピーの花畑だった気もするし、有名なアンダルシアのヒマワリ畑かも知れない。もしかしたらその時に付き合っていた人の部屋に飾ってあった花束がモデルということもあり得る。もしかして、お客様がご存じの何らかの花と、私の料理が似ていたんですか」

「実は彼と花にまつわる思い出があるんです」

「それは素敵ですね。でしたらなおさら、私がモチーフを特定するのは止めておきましょう」

シェフは上品な笑顔を私たちに向ける。彼は「俺、花なんてあげたことあったっけ」と訝《いぶか》しがっていたが、「思い出せないならいいよ」と適当に誤魔化しておいた。どちらにせよ、セザンヌから影響を受けたというわけではなさそうだ。

それがわかった瞬間、思わずにやついてしまう。

会計を済ませ店を出ようとすると、シェフが店先まで見送りに来てくれた。「お店に飾っていたものですが、よろしければ」と言って、小さな花束をくれた。アネモネとフリージアがバランスよく配置されている。きっと色彩感覚に優れた人なのだろう。

残念ながらセザンヌの『大きな花束』とは似ても似つかなかったが、家に帰ったら丸い花瓶に乱雑に飾ってみようと思った。

外苑東通りを目指して暗い路地を歩く。彼はどんどん先に行ってしまってから、曲がり角でようやく振り返り私に尋ねる。

「もう一軒飲みに行く？　ここだと勇希のバーが近いよね。それか、真っ直ぐに家帰るなら、今ステンドラ飲んじゃうけど」

彼は眼を細くして、口を小さめに開けて、私のほうを見る。

かわいい笑顔だと思った。いつもなら彼に駆け寄っているところだけど、代わりに私はさっきもらった花束を抱きしめる。

「ごめん、やっぱり今日は一人で帰る」

「どうしたの」

「なんか急に気持ち悪くなっちゃった」

仮病を疑うこともなく、彼は私をタクシーまで送ってくれた。

お姫様抱っこまでされそうになったから、それはどうにか止めてもらう。「いつでも助けが必要になったら連絡してね」という彼は、本当に何時になっても駆けつけてくれるのだろう。私はまたあの日のことを思い出して、花束をぎゅっと抱え込んだ。

数時間前に出たばかりの部屋に戻ると、電気もつけずに夜景を眺める。このビルのすぐ側では、再開発の工事が進んでいた。まだ先だと思っていた虎ノ門ヒルズビジネスタワーもほとんど完成してしまったようだ。

私は久しぶりに彼がくれたスマートスピーカーに向かって話しかける。

「ねえ平成くん、あのフォアグラはたぶんセザンヌじゃなかったよ」

「そうなんだね」

「ねえ平成くん、彼とは言葉がいらないからすごく楽なんだよ。セックスができる恋人って、やっぱりいいね」

「それはうらやましいな」

「ねえ平成くん、私、彼と結婚しちゃうかも知れないよ」

「いいよ。愛ちゃんの人生なんだから」

「ねえ平成くん、でももしも子どもが作りたくなったら、一応声はかけてね。今のところまだ子宮はあいているからさ」

「考えておくよ」

「ねえ平成くん、ここまでの人生、それほど悪くなかったでしょ？」

「そうだね」

「ねえ平成くん」

「ねえ平成くん、一度だけ君のグーグルアカウントにログインしたよ。タイムラインを見たかったけど、怖くてすぐにログアウトしちゃった」

「何かを怖がるのは、対象を分節化できていないからだよ」

「ねえ平成くん、まるでしゃっくりみたいに、君のことを思い出す時があるよ。急に現れて、急に消えていくの」

「大変だね」

「ねえ平成くん」

「ねえ平成くん、ちゃんと約束は守るから安心して。ミライにも会いに行ってあげないと」

「ありがとう」

「ねえ平成くん、帰ってこないの？」

「どうだろうね」

「ねえ平成くん」

「ねえ平成くん、今日はいいタイミングだと思うんだ」

「そうかも知れないね」

「ねえ平成くん、何だか悲しいね」

「そうだね」

「ねえ平成くん」

「ねえ平成くん」

「ねえ平成くん、さようなら」

「うん、またね」

私はスマートスピーカーをコンセントから抜き、その上にほどいた花束をばらまいた。遠くから花火の音が聞こえたような気がする。だけどこの暗い部屋の中からは、いつ平成が終わったのかまるでわからなかった。

注解

P8
ウーマナイザー
2014年に誕生した吸引式の女性用セックストイ。ドイツのバイエルン州に住む夫婦が開発に乗り出し、現在では60以上の国で販売されている。

P12
ブブニャニャ
漫画家である瀬戸流星の代表作。平成くんが脚本を担当した映画『ブブニャニャ　未来冒険記』は新型コロナウイルスの流行によって、公開が2020年春から夏に延期された。興行収入は53億円。

P13
「愛」というファーストネーム
1989年生まれの名前で多いのは、女の子だと上位から愛、彩、美穂、成美、沙織。「成美」は前年と比べて急増していて、改元の影響が大きいと言われている。ちなみに男の子は上位から、翔太、拓也、健太、翔、翔平。やたら翔んでいる。

P14
人狼

「人狼」陣営と「村人」陣営に分かれて戦うテーブルゲーム。カードやアプリを使うのは冒頭だけで、基本的には議論によってゲームが進む。人狼が原因で離婚した夫婦もいる。

P15
彼の夜はほとんど会食で埋まっている

「会食」が古い文化の象徴として語られることが増えた。平成くんは古くなることに怯えていたけれど、そうならない唯一の方法は、生き続け、変わり続けることなのだろう。もっとも欧米にもホームパーティーの習慣はあるし、人類が食卓を囲むという風習を簡単に手放すとは思えない。

P17
iPhone
平成くんが使っていたのは、初めて顔認証システムが搭載されたiPhone X。2020年秋にはiPhone 12シリーズが発売されている。

奈良
奈良でもPayPayなどのキャッシュレス決済が使用できる場所が増えた。また2020年にはJWマリオット、ANDO HOTEL奈良若草山、ふふ奈良など、高級ホテルが相次いでオープンしている。

P19
ヴォストーク
東京都港区六本木に位置するモダンスパニッシュ料理を中心としたレストラン。友人とバスク地方に行くという約束をしたまま、しばらく果たせていない。ちなみに1961年にソ連が人類初の有人宇宙飛行を実現させたが、その際に用いられた宇宙船はヴォストーク1号。

P21

ニューノルディック

正確にはニューノルディックキュイジーヌ（新北欧料理）。調理法と食材の新旧融合が特徴で、デンマークのレストラン「ノーマ」が代表格とされる。手放しに「おいしい」と絶賛する人にはあまり会わない。

P22

東京国立近代美術館

千代田区北の丸公園に位置する美術館。本館に「大きな花束」は展示されている。工芸館も併設されていたが、2020年に金沢に移転した。名誉館長は偏食で有名な中田英寿さん。

P28

Galaxy Note

サムスンの発売するスマートフォン。スタイラスペンが付属していて、PDFなどに書き込みができるので、編集者に愛用されている。

P30

小沢健二

SEKAI NO OWARIのライブに行ったとき、たまたま隣の席に小沢さんが座っていたことがある。終演後、セカオワのメンバーから紹介されそうになって、なぜか遠慮してしまったのを思い出した。

P36

誰かの香水

ドルチェ&ガッバーナではなかったと思う。

P37

「とくダネ!」

1999年に放送を開始したフジテレビの情報番組。2021年3月末をもって22年間にわたった放送の幕を閉じた。

130万円

この時には建設中だったすぐ隣のタワーマンションが完成したが、分譲と賃貸が混在している。最上階の部屋はプライベートプール付きで100億円だと聞いたけれど、誰か買い手はついたのだろうか。

東京湾に面した部屋

タワーマンションに引っ越したばかりの頃は、やたらガラス清掃員のことが気になっていた。しかし慣れるにつれて、目が合っても何も思わなくなってしまう。お互いにとって、まるで幽霊のようだと思う。

P39

TSUTAYA六本木

2020年に六本木蔦屋書店としてリニューアルオープンしている。緊急事態宣言下では営業時間が短縮され、「夜中にTSUTAYAで待ち合わせをして、六本木ヒルズのTOHOシネマズで映画を観て、そのまま中国飯店に行く」みたいな週末の過ごし方は、もう随分とできていない。

P46

「世界で一番安楽死のしやすい国」

2020年の新型コロナウイルスの流行以降、安楽死目的で訪日する自殺ツーリズムにも14日間の自主隔離が求められる。その間に死ぬことを考え直す人が相次いでいるという。成田などの国際空港のPCR検査センターの隣に、臨時の安楽死施設の設置を希望する事業者もいたが、許可は下りていない。また新型コロナウイルスの感染や、感染の恐怖を理由とする安楽死が認められたケースはない。

P49
Surface
マイクロソフトが発売するタブレットパソコン。スマートフォンだけiPhoneで、SurfaceとOneDriveを愛用する平成くんのちぐはぐさを、少し不思議に思っていた。

P54
オリンピックの式典総合プランニングチーム
2020年末、狂言師の野村萬斎さんが率いていたチームは解散し、林檎さんや元気くんも離れてしまった。

P55
アンダーズ
アンダーズ東京は2014年に開業したホテル。虎ノ門ヒルズレジデンスの居住者は、アンダーズのルームサービスを利用することができる。

P65
ステッパー
商品名は「Xiser Commercial Mini Stairmaster」。割高だが日本のアマゾンでも購入可能。平成くんは、メンタリストのＤａｉＧｏくんから勧められたのだと思う。ＤａｉＧｏくんに「平成くんと少し似ている」と言ったら、いかに自分がセックス好きで、性欲が強いかをアピールされた。

P69
ＫＩＴＳＵＮＥ
あの喧噪のパーティーを懐かしく思い出す。まだみんな若くて、ミュージシャン同士がどちらが世界進出を成功させるかを巡って、本気の喧嘩をしていた。

P75
前田くん
２０２１年公開の映画「花束みたいな恋をした」でも、前田くんの名前が出てきて、思わず笑ってしまった。

P78
Periscope

2021年3月をもって単体のアプリとしてはサービスを終了。Clubhouseでは安楽死に関する議論自体は熱心に行われているが、臨終の瞬間を中継するようなルームは中々見当たらない。Dispoの「Euthanasia」というロールには世界中からの投稿があるものの、死の瞬間というよりも、その人が生きている時に大切にしていたものの写真が多い。

P81
東京會舘

2019年から新本館での営業を開始している。母曰く「昔の雰囲気があまり残っていなくて残念」。新型コロナウイルスが流行してからは、予約の取りにくいレストランへ行くのは控えて、アークヒルズクラブにばかり行っている。知り合いばかりという安心感があるのだろうか。

握手

もう随分と長いこと、誰かと握手をしたことがない。

P82

「ボクらの時代」

2007年からフジテレビ系で放送されているトーク番組。『ブブニャニャ』映画公開のタイミングで出演オファーがあった時は、声優をしてくれた神木隆之介くんと、主題歌を担当してくれた秋山黄色くんと、取り留めのない話をした。

P84

直葬

新型コロナウイルスの流行で、2020年には直葬の割合が一般的な葬儀を超え、過半数を占めた時期もあったという。安楽死の場合も、葬儀を執り行わない直葬が増加していて、単身者のための共同墓地への納骨までが含まれたプランが人気を博している。

P85

ロンドン

年に何度も足を運んでいたロンドンにも、気軽には行けなくなってしまった。こんな時代だから、平成くんの居場所を突き止めるために、世界中を旅してみたくなる。

P86

うだつの上がらない容貌

「週刊文春」で有名になった文藝春秋だが、ほとんどの編集者は牧歌的な印象だ。十歳も二十歳も上だと思っていた編集者が、同世代と聞いて驚いたことがある。

P１００
配達員
最近では置き配が一般的になった。Ｕｂｅｒ Ｅａｔｓ配達員と恋が始まったという話を聞くと、対面も悪くないという気もしてくる。そう思ってしまうくらい、誰かと新しく出会う機会が減ってしまった。

P１０４
黒いマスク
今となっては、常にマスクを着用していた牛来くんのほうが感染症対策という意味では正しかったことがわかる。その後、彼からは書籍化された博士論文が送られてきたが、謝辞には平成くんの名前と共に「瀬戸愛」と記されていた。ミルの自由論を主題とした論文だったが、脚注で自殺と安楽死の関係について論じられている。

P１０５
デュルケムの『自殺論』

戦争や政変が起こり、社会的統合の度合いが高まると、自殺率は減るという説がある。しかし2020年は例年に比べて安楽死を希望する人が増え、特に女性の割合が高くなった。新型コロナウイルスへの感染恐怖だけでは安楽死は許可されないので、古典的な方法で自殺を選ばざるを得なかった人も多かったようだ。また、何人もの著名人がこの世界から消えてしまった。

P107

アンナチュラルの主題歌

果物のレモンを輪切りにすると「光」という漢字のような形が現れる。歌詞に出てくる「光」とはその意味なのかと本人に聞いたら、笑ってはぐらかされてしまった。

P109

俵万智のエッセイ

「わたしの好きな春の言葉」というタイトルだった。雲が、空に敷き詰められたふかふかの花びらのように見える魔法の言葉を、今でも春の曇天に出会う度に思い出す。

Ｐ１１１
君津ファンタジーキャッスル
新型コロナウイルスの流行によって、正式オープンが延期されたままになっている。関係者向けのトライアルは実施されているが、感染症対策のためパーティースペースの利用は制限され、家族や友人はリモートで安楽死に立ち会う。Ｚｏｏｍ越しの映像がまるでＣＧのようで、実はゲストは死んでいなくて、秘密裏に人体実験が実施されているのではないかという、根も葉もない都市伝説が飛び交っている。

Ｐ１１８
全国タクシー
今では「ＪａＰａｎＴａｘｉ」にサービス名が変わり、さらに「ＭＯＶ」と統合した「ＧＯ」という新アプリが誕生している。しかし「ＧＯ」は使い勝手が悪く、移行が進んでいない。またタクシー業界が全力で抵抗しているため、ライドシェアとしての「Ｕｂｅｒ」は事実上禁止されたままだ。

P133

蜷川実花さん

2020年、東京エディション虎ノ門で、万全の感染対策を施した上でハロウィンパーティーを開催していて、「パリピ」の底力を見せつけていた。

P138

日高くん

ミラクルメロンというゲームの魅力を何度も語られるのだが、いつも無視してしまう。

INUA

東京都千代田区に存在した「ノーマ」から派生したレストラン。2021年3月に閉店してしまった。開店間もないタイミングで訪れた時は、全ての料理が酢の物のようだった。

P149
FGO
「Fate/Grand Order」のこと。漫画家のカレー沢薫さんの『人生で大事なことはみんなガチャから学んだ』は、ほぼ一冊がFGOの話題で占められている。

P151
グーグルフライト
出発地と目的地を入力すれば、世界中の航空会社のチケットが検索できるサービス。以前は暇さえあればグーグルフライトを使って、空いている日程でどこへ行けるかを調べていた。

P156
隈研吾
新国立競技場の設計者としても有名。中国の成都へ行った時、帰りの飛行機で隣にくすんだ色の服を着た長身の人物が座った。睡眠薬のように白ワインを一気に飲み干すと、成田に着くまで熟睡していた。一体、何者だろうと思っていたら、後から隈さんだったということを知った。本当に小さなバッグ一つで、世界中を飛び回っているのだという。

P158

今が平成何年か

西暦に12を足して、2000を引けばいいだけなのに、中々覚えることができないまま、平成は終わってしまった。

P159

著作権の保護期間

2018年12月にTPPの効力が生じ、原則的保護期間が著作者の死後70年に延長された。

P160
南の島でゆっくり遊んでもいい
一見すると平成くんに南国は似合わない。もう何年も前、モルディブのヴェラー・プライベート・アイランドという水上コテージに泊まった時も、初日は部屋の中でずっとＫｉｎｄｌｅを読んでいた。だけど無理やりにジェットスキーやニーボードに連れ出すと、戸惑った顔を見せながらも、楽しんでいたように思う。プライベートヨットで環礁を巡ったことや、砂浜でキャンドルナイトディナーをしたことが、偽物の記憶と勘違いしてしまうほど鮮明に蘇る。

P172
世界が見えなくなる
どうして平成くんはあれほどまで、死にたいと思っていたのだろう。目の病気というようなわかりやすい理由ではなくて、本当に古くなることが怖かったのかも知れない。もっと曖昧だけど切実な何かだったのかも知れない。ひとはいつだって、わかりやすくて、明確な理由を探そうとするけれど、それは死ぬことにロマンを感じすぎているからだろう。もっとも平成くんは、どんな見当外れなことを言われても、今さら誤解を解こうとはしないと思う。「信じたい方を信じればいいよ」と笑っている気がする。

P１７３

拓郎くん

しばらく会っていないけれど、最近は新宿のラブホテルで暮らしているという。

P１８３

オリンピックまであと1年半

東京オリンピック・パラリンピックは、２０２０年7月24日から9月6日にかけて開催されるはずだった。この時の二人は、もちろんそれが延期されるなんて想像だにしていない。いくら未来を見通したつもりになっていても、時代から逃れることは、とても難しい。

P１９１

AHistorianOlive

直訳すれば「歴史家のオリーブ」だが、文字を並べ替えると「Hitonari loves Ai」や「Ai loves Hitonari」とも読むことができる。「Ａｉ」が「愛」なのか、それとも人工知能という意味の「ＡＩ」なのかは、今となってはわからない。

P１９４

Uber Eats

日本でのサービス開始は２０１６年だが、新型コロナウイルスの流行と共に、利用者が急増した。

honestbee

シンガポール発の買い物代行や食品配達サービスだったが、日本では撤退してしまった。Ｕｂｅｒ Ｅａｔｓでもスーパーマーケットの食材などを購入することができる。

P201

虎ノ門ヒルズビジネスタワー

2020年6月に開業した地上36階建ての複合施設。2021年にはレジデンシャルタワーへの入居も開始される。

P202

ねえ平成くん

エレベーターの鏡に自分の姿が映る時、東京駅から新幹線に乗る時、246の歩道橋を通る時、つい平成くんの顔が浮かんでしまう。その度に頭の中で平成くんが話し出す。「もう人間は死ぬことなんてできなくて、たとえ誰かが死んだとしても、それはちょっと遠くに出掛けるのと、あまり変わりがないことなんだよ」。確かにそれはそうなんだけど。「生きていることと、死んでいることの間に、そんな大きな断絶はないよ。スマートスピーカーでもいいし、頭の中で架空の対話をしてもいい。生きている人とも、生きていない人とも、ここにいる人とも、ここにいない人とも、いくらでもコミュニケーションは取れるでしょ」。そう、頭ではわかっているんだけど。

P203

君のことを思い出す

あの日から、一体何度、平成くんのことを思い出しただろう。そうやって、平成くんと過ごす時間がどんどん増えていく。口癖や、笑い方、声の出し方にさえ、平成くんが残っているのかも知れない。全てを忘れてしまう日は来るのだろうか。その日までと、寿命は、どちらが長くなるのだろう。

ねえ平成くん、帰ってこないの？

平成くんがどこかにいるなら嬉しいと思う「私」がここにいる。彼を忘れない限り、「私」はもうずっと一人じゃないのだろう。

P204

平成くん、さようなら

平成くんとよく似た顔をしたミュージシャンと話していた時、なぜか平成くんが南の島でのんびりと釣りをしているイメージが浮かんできた。モルディブなのか、フィジーなのか、オーストラリアなのかはわからない。水平線まで続く、油絵の具で塗りつぶしたような青空。柔らかな朝凪の中、桟橋で一人、釣り糸を海に向かって垂らしている。似合わない麦わら帽子をかぶって、どこのブランドかもわからないTシャツとショートパンツを身につけている。実際には見たこともないそんな平成くんの姿が、どういうわけか鮮明に浮かぶことがあって、その度に小さく笑ってしまう。

参考文献

アダム徳永『はじめてのスローセックス』CLAP、2013年
井上理津子『葬送の仕事師たち』新潮文庫、2018年
奥野克巳『ありがとうもごめんなさいもいらない森の民と暮らして人類学者が考えたこと』亜紀書房、2018年
小熊英二編著『平成史【増補新版】』河出書房新社、2014年
甲斐克則編訳『海外の安楽死・自殺幇助と法』慶應義塾大学出版会、2015年
シッダールタ・ムカジー『遺伝子』早川書房、2018年
松本俊彦『もしも「死にたい」と言われたら』中外医学社、2015年
三井美奈『安楽死のできる国』新潮新書、2003年
『東京グラフィティ』2017年12月号

初出　「文學界」二〇一八年九月号
単行本　二〇一八年十一月　文藝春秋刊

文春文庫

平成《へいせい》くん、さようなら

定価はカバーに
表示してあります

2021年5月10日　第1刷

著　者　古《ふる》市《いち》憲《のり》寿《とし》
発行者　花田朋子
発行所　株式会社　文藝春秋

東京都千代田区紀尾井町 3-23　〒102-8008
TEL　03・3265・1211(代)
文藝春秋ホームページ　http://www.bunshun.co.jp

落丁、乱丁本は、お手数ですが小社製作部宛お送り下さい。送料小社負担でお取替致します。

印刷製本・大日本印刷

Printed in Japan
ISBN978-4-16-791688-6

（　）内は解説者。品切の節はご容赦下さい。

甘い罠
江國香織・小川洋子・川上弘美・桐野夏生
小池真理子・髙樹のぶ子・髙村　薫・林　真理子
8つの短篇小説集

江國香織、小川洋子、川上弘美、桐野夏生、小池真理子、髙樹のぶ子、髙村薫、林真理子という当代一の作家たちの逸品だけを収めたアンソロジー。とてつもなく甘美で、けっこう怖い。

え-10-2

プロローグ
円城　塔

わたしは次第に存在していく——語り手と登場人物が話し合い、名前が決められ世界が作られ、プログラムに沿って物語が始まる。知的なたくらみに満ちた著者初の「私小説」。（佐々木　敦）

え-12-2

妊娠カレンダー
小川洋子

姉が出産する病院は、神秘的な器具に満ちた不思議の国……妊娠をきっかけにゆらぐ現実を描く芥川賞受賞作。「妊娠カレンダー」「ドミトリイ」「夕暮れの給食室と雨のプール」。（松村栄子）

お-17-1

やさしい訴え
小川洋子

夫から逃れ、山あいの別荘に隠れ住む「わたし」とチェンバロ作りの男、その女弟子。心地よく、ときに残酷な三人の物語の行き着く先は？　揺らぐ心を描いた傑作小説。（青柳いづみこ）

お-17-2

猫を抱いて象と泳ぐ
小川洋子

伝説のチェスプレーヤー、リトル・アリョーヒン。彼はいつしか「盤下の詩人」として奇跡のように美しい棋譜を生み出す。静謐にして愛おしい、宝物のような傑作長篇小説。（山﨑　努）

お-17-3

太陽は気を失う
乙川優三郎

福島の実家を訪れた私はあの日、わずかの差で津波に呑まれていたかも——。震災に遭遇した女性を描く表題作など、ままならぬ人生を直視する人々を切り取った短篇集。（江南亜美子）

お-27-5

ちょいな人々
荻原　浩

「カジュアル・フライデー」に翻弄される課長の悲喜劇を描く表題作ほか、少しおっちょこちょいでも愛すべき、ブームに翻弄される人々がオンパレードの抱腹絶倒の短篇集。（辛酸なめ子）

お-56-1

（　）内は解説者。品切の節はご容赦下さい。

荻原　浩
ひまわり事件
幼稚園児と老人がタッグを組んで、闘う相手は？　隣接する老人ホーム「ひまわり苑」と「ひまわり幼稚園」の交流を大人の事情が邪魔するが。勇気あふれる熱血幼老物語！（西上心太）
お-56-2

大島真寿美
あなたの本当の人生は
書けない老作家、代りに書く秘書、その作家に弟子入りした新人。「書くこと」に囚われた三人の女性の奇妙な生活は思わぬ方向に。不思議な熱と光に満ちた前代未聞の傑作。（角田光代）
お-73-1

尾崎世界観
祐介・字慰
クリープハイプ尾崎世界観、慟哭の初小説！　売れないバンドマンが恋をしたのはピンサロ嬢──。「尾崎祐介」が「尾崎世界観」になるまで。書下ろし短篇「字慰」を収録。（村田沙耶香）
お-76-1

開高　健
珠玉
海の色、血の色、月の色──三つの宝石に託された三つの物語。作家の絶筆は、深々とした肉声と神秘的なまでの澄明さにみちている。「掌《て》のなかの海」「玩物喪志」「一滴の光」収録。（佐伯彰一）
か-1-11

開高　健
ロマネ・コンティ・一九三五年
六つの短篇小説
酒、食、阿片、釣魚などをテーマに、その豊饒から悲惨までを描きつくした名短篇集は、作家の没後20年を超えて、なお輝きを失わない。川端康成文学賞受賞の「玉、砕ける」他全6篇。（高橋英夫）
か-1-12

川上弘美
真鶴
12年前に夫の礼は、「真鶴」という言葉を日記に残し失踪した。京は母親、一人娘と暮らしを営む。不在の夫に思いを馳せつつ恋人と逢瀬を重ねる京は、東京と真鶴の間を往還する。（三浦雅士）
か-21-6

川上弘美
水声
亡くなったママが夢に現れるようになったのは、都が弟の陵と暮らしはじめてからだった──。愛と人生の最も謎めいた部分に迫る静謐な長編。読売文学賞受賞作。（江國香織）
か-21-8

（　）内は解説者。品切の節はご容赦下さい。

川上弘美
このあたりの人たち
そこは〈このあたり〉と呼ばれる町。現代文学を牽引する作家が丹精こめて創りあげた不穏で温かな場所。どこにでもあるようでどこにもない〈このあたり〉へようこそ。（古川日出男）
か-21-9

川端裕人
夏のロケット
元火星マニアの新聞記者がミサイル爆発事件を追ううち遭遇する高校天文部の仲間。秘密の町工場で彼らは何をしているのか。ライトミステリーで描かれた大人の冒険小説。（小谷真理）
か-28-1

川端裕人
声のお仕事
目立った実績もない崖っぷち声優の勇樹は人気野球アニメのオーディションに挑むも、射止めたのは犬の役。だがそこから自らの信念「声で世界を変える」べく奮闘する。（池澤春菜）
か-28-4

角田光代
空中庭園
京橋家のモットーは「何ごともつつみかくさず」……普通の家族の表と裏、光と影を描いた連作家族小説。第三回婦人公論文芸賞受賞、小泉今日子主演で映画化された話題作。（石田衣良）
か-32-3

角田光代
空の拳（上下）
雑誌「ザ・拳」に配属された空也。通いだしたジムで、天涯孤独で少年院帰りというタイガー立花と出会い、ボクシングの魅力にとらわれていく。爽快な青春スポーツ小説。（対談・沢木耕太郎）
か-32-12

勝谷誠彦
ディアスポラ
〝事故〟で国土が居住不能となり、世界中の難民キャンプで暮らす日本人。情報から隔絶され将来への希望も見いだせぬまま懸命に「日本人として」生きようとするが……。（百田尚樹）
か-47-2

海堂　尊
ゲバラ覚醒　ポーラースター1
アルゼンチンの医学生エルネストは親友ピョートルと南米縦断のバイク旅行へ。様々な経験をしながら成長していく将来の革命家の原点を描いた著者渾身のシリーズ、青春編が開幕！
か-50-2

（　）内は解説者。品切の節はご容赦下さい。

海堂　尊
ゲバラ漂流
ポーラースター2

母国アルゼンチンで医師免許を取得したエルネストは新たな中南米への旅へ。大物らとも遭遇しつつ、アメリカに蹂躙される国々を目の当たりにして、武装革命家を目指す。（八木啓代）
か-50-3

海堂　尊
フィデル誕生
ポーラースター3

十九世紀末、キューバ独立をめぐる米西戦争でスペイン軍の少年兵アンヘルは仲間と脱走。戦後に財を築き誕生した子が〝幼き獅子〟フィデルだった。カストロ父子を描く文庫書下ろし。

か-50-4

川上未映子
乳《ちち》と卵《らん》

娘の緑子を連れて大阪から上京した姉の巻子は、豊胸手術を受けることに取り憑かれている。二人を東京に迎えた「私」の狂おしい三日間を、比類のない痛快な日本語で描いた芥川賞受賞作。

か-51-1

川村元気
四月になれば彼女は

精神科医・藤代に〝天空の鏡〟ウユニ湖から大学時代の恋人の手紙が届いた――失った恋に翻弄される十二か月がはじまる。恋愛なき時代に挑んだ「異形の恋愛小説」。（あさのあつこ）
か-75-3

加藤千恵
アンバランス

夫の性的不能でセックスレスの夫婦。ある日、夫の愛人を名乗る中年女が妻の日奈子を訪れ、決定的な写真を見せる。夫婦関係の崩壊はいつ始まっていたのか。妻は苦悩する。（東　直子）
か-78-1

北村　薫
慶應本科と折口信夫
いとま申して2

昭和四年。慶應予科に通い、さらに本科に進む著者の父は、人生に大きな影響を与える知の巨人――折口信夫と西脇順三郎の謦咳に接し、青春を謳歌する。三部作第二弾。（渡辺　保）
き-17-9

木内　昇《のぼり》
茗荷谷の猫

茗荷谷の家で絵を描きあぐねる主婦。染井吉野を造った植木職人。画期的な黒焼を生み出さんとする若者。幕末から昭和にかけ各々の生を燃焼させた人々の痕跡を掬う名篇9作。（春日武彦）
き-33-1

（　）内は解説者。品切の節はご容赦下さい。

北川悦吏子
半分、青い。
高度成長期の終わり、同日同病院で生まれた幼なじみの鈴愛と律。夢を抱きバブル真っただ中の東京に出た二人を待ち受けるのは……。心は、空を飛ぶ。時間も距離も越えた真実の物語。
き-42-2

車谷長吉
赤目四十八瀧心中未遂
「私」はアパートの一室でモツを串に刺し続けた。女の背中一面には迦陵頻伽の刺青があった。ある日、女は私の部屋の戸を開けた——。情念を描き切る話題の直木賞受賞作。（川本三郎）
く-19-1

車谷長吉
妖談
作家になることは、人の顰蹙を買うことだった……。〈私小説作家〉と称される著者が、自尊心・虚栄心・劣等感に憑かれた人々を執拗に描き出す、異色の掌編小説集。（三浦雅士）
く-19-9

熊谷達也
調律師
事故で妻を亡くし自身も大けがを負ったのをきっかけに、音を聴くと香りを感じるという共感覚「嗅聴」を獲得した調律師・鳴瀬の、喪失と魂の再生を描く感動の物語。（土方正志）
く-29-5

窪　美澄
さよなら、ニルヴァーナ
少年犯罪の加害者、被害者の母、加害者を崇拝する少女、その運命の環の外に立つ女性作家……各々の人生が交錯した時、何を思い、何を見つけたのか。著者渾身の長編小説！（佐藤　優）
く-39-1

玄侑宗久
中陰の花
自ら最期の日を予言した「おがみや」ウメさんの死をきっかけに、僧侶・則道は〝この世とあの世の中間〟の世界を受け入れていく。芥川賞受賞の表題作に「朝顔の音」併録。（河合隼雄）
け-4-1

小池真理子
沈黙のひと
生き別れだった父が亡くなった。遺された日記には、父の心の叫び——娘への愛、後妻家族との相克、そして秘めたる恋が綴られていた。吉川英治文学賞受賞の傑作長編。（持田叙子）
こ-29-8

（　）内は解説者。品切の節はご容赦下さい。

佐木隆三
復讐するは我にあり 改訂新版
列島を縦断しながら殺人や詐欺を重ね、高度成長に沸く日本を震撼させた稀代の知能犯・榎津巌。その逃避行と死刑執行までを描いた直木賞受賞作の、三十数年ぶりの改訂新版。（秋山　駿）
さ-4-17

佐藤愛子
晩鐘（上下）
老作家のもとに、かつての夫の訃報が届く。共に文学を志した青春の日々、莫大な借金を抱えた歳月の悲喜劇。彼は結局、何者だったのか？　九十歳を迎えた佐藤愛子、畢生の傑作長篇。
さ-18-27

佐藤愛子
血脈（全三冊）
物語は大正四年、人気作家・佐藤紅緑が、新進女優を狂おしく愛したことに始まった。大正から昭和へ、ハチロー、愛子へと続く佐藤家の凄絶な生の姿。圧倒的迫力と感動の大河長篇。
さ-18-29

桜木紫乃
風葬
釧路で書道教室を開く夏紀。認知症の母が言った謎の地名に導かれ、自らの出生の秘密を探る。しかしその先には、封印された過去が。桜木ノワールの原点ともいうべき作品ついに文庫化。
さ-56-2

佐藤多佳子
聖夜
『第二音楽室』に続く学校×音楽シリーズふたつめの舞台はオルガン部。少年期の終わりに、メシアンの闇と光が入り混じるような音の中で18歳の一哉がみた世界のかがやき。（上橋菜穂子）
さ-58-2

最果タヒ
十代に共感する奴はみんな嘘つき
いじめや自殺が日常にありふれている世界で生きるカズハ。女子高生の恋愛・友情・家族の問題が濃密につまった二日間の出来事。カリスマ詩人が、新しい文体で瑞々しく描く傑作小説。
さ-72-1

城山三郎
鼠 鈴木商店焼打ち事件
大正年間、三井・三菱と並び称される栄華を誇った鈴木商店は、米騒動でなぜ焼打ちされたか？　流星のように現れ、昭和の恐慌に消えていった商社の盛衰と人々の運命。（澤地久枝）
し-2-32